U0932552

Liza of Lambeth

兰贝斯的丽莎

〔英国〕威廉·萨默塞特·毛姆 著
先洋洋 译

译林出版社

序　言

这是我的第一本书。十七岁那年，我曾写过一本梅耶贝尔[①]的传记；我不知道自己当时为什么要那么做，因为我对音乐一窍不通，也从没有听过他的歌剧。我早已忘记当时对他的了解了，但我并不觉得他是个富有浪漫色彩的人物，因此我只能猜测，或许是他的一百周年诞辰纪念之类的事，让我认为那会是个能引起人们兴趣的时事性话题。一次退稿便足以使我灰心丧气。我将那手稿扔入了炉火中。接下来，我开始写剧本，主要是一幕剧，都是些悲剧，多反映严酷的现实。在德国时，我知道了易卜生，而我在十八岁至二十一岁期间所创作的戏剧往往都是在冷酷地探究人类灵魂的秘密。在我的作品中，不少人物都经受了不治之症或是性病的折磨，又由于我曾学医，使我能够较为完美地刻画一些细节；大多数人物要么是被遗传性的疾病毁了一生，要么，即使幸运到有一对健康且值得尊敬的父母，但随着剧情的发展，这些父母们不可告人的秘密也终会显露出来。然而，我的剧本总是不被接受，这让我感

① 梅耶贝尔（1791—1864），德国歌剧作曲家。本书注释皆为译注。

到非常苦恼。虽然那时大家都认为英国剧坛已处于一个危险的境地，但我却将自己的坏运气归咎于无知的剧院经理及愚蠢的大众。戏剧业已经大不如前了，而让我感到震动和沮丧的是，我做好了准备想要拯救这行业，却连一点儿机会也没有。然而就像亨利·亚瑟·琼斯[①]剧中的那个年轻人一样，我有着坚定的想要闯出个名堂的决心。我想到，最好的计划就是先写两三本能给我带来声誉的小说，自然那些剧院经理们就会欣赏我的剧本了。那时，出版人费舍尔·昂温先生正在筹备出版名为“笔名图书馆”的一系列短篇小说集。那都是些用黄纸包着的薄本，看上去很时髦。那些书卖得很便宜，当时大家都在读它们。于是，我写了两个略长的故事寄给昂温先生，并建议他将这两个故事用于他的系列丛书。不久之后，他将稿子寄还给我，但却附上了一封让我欢呼雀跃的信。他表示对我的故事感兴趣，但却认为，对于“笔名图书馆”系列丛书而言，这两个故事显然还不够长；不过如果我还有别的小说，他倒是愿意读一读。

我回信向他表示感谢，并告诉他，用不了多久，他的建议应该就会派上用场。在寄出那信十分钟后，我开始了小说创作。那时，我整天都在圣托马斯医院实习，只能在晚上写作。我想，那应该是我在大学里的第四年。我经常在门诊部帮忙，担任内科的见习医生和外科的包扎员。就这样，我在病房里待满了课程所要

① 亨利·亚瑟·琼斯（1851—1929），英国剧作家。

求的那么多时间。接下来，我开始从事工作。为了获得必要的证书，医科学生们需要协助参与二十次分娩过程。我猜现在这些规矩早已变了，然而在我读书那时候，你必须在圣托马斯医院做三个星期不分日夜、随传随到的接生大夫。你需要在医院对面找个临时寄宿地，而看门人需要有你房间的钥匙，这样，当夜里有紧急情况发生时，他便能过街来将你叫醒。你快速穿好衣服来到医院，看到早已等候在那里的丈夫或者产妇的一个小儿子，他们手里会拿着那个正在分娩的女人之前已从医院领到的卡片。第一次手术时，会有更具经验的接生大夫陪着你，他也是个刚刚获得医生资格的年轻人，但在那之后，你就得独当一面了，除非出现了自己实在无法解决的困难。带你的接生大夫工作很辛苦，通常也很累，因此，若是你半夜将他拖出被窝却又没有充足的理由，你无疑将会听到一些非常令你不悦的话语。送信的人会带你穿过兰贝斯那些漆黑而幽静的街道，穿过一些发臭的胡同，然后进到一些连警察都会犹豫要不要进去的不祥院落，但你的黑色提包[①]却可让你免受伤害。你会被带到阴森森的房子里，这些房子的每层楼里都住着人家，然后进入一个密不透风的房间，里面亮着昏暗的煤油灯，还会有两三个女人——接生婆、产妇的母亲以及住在楼上或楼下的某位女人，她们都站立着守在产妇床前。有时，你会在那房间里等上两三个小时，与接生婆一起喝着别人好心送来的茶，不时

① 指医生出诊时携带的装有医疗器具和常备药剂的袋子。

下楼到街上去呼吸几口新鲜空气。产妇的丈夫往往会在楼梯上坐着，你也可在一旁坐下聊天。

那三个星期里，我一共参与了六十三次接生。

这就是我用于此书的素材。我加入了少许的创造。我尽量如实地记下我的所见所闻。但那看起来非常单调，我想要我的故事更加引人入胜，想要加入一些想象的东西，却束手无策。由于我那匮乏的想象力，我不得不坚持各种事实。我那时特别崇拜盖·德·莫泊桑，也是以他的故事为模型来尝试创作自己的故事。每当想起年轻的作者很可能追寻一些坏榜样时，我便感到非常庆幸，因我所崇敬的人在讲故事方面极具天赋——他不仅叙事清晰，并且总是直接又有效。

小说刚写完，我便将其寄给了费舍尔·昂温先生。三个月后，我收到了他的回信，他说他很喜欢我的小说，并让我去找他。去找他的那天，我的心都提到了嗓子眼儿里。我在他递过来的合约上签下自己的名字。想到自己的小说即将出版，我简直是欣喜若狂，并高兴地同意了放弃此次出版的第一批书的版税。在因为维多利亚女王的登基钻石纪念庆典（一八九七年）而耽误之后，那本书终究还是出版了。有一些评论很鼓舞人，有一些则很糟糕，然而，就像所有那些倔强的作家一样，那些令人沮丧的评论给我带来的痛苦远远超过了那些讨喜的评论给我带来的快乐。有的评论让我度过了好些个不眠之夜。但费舍尔·昂温先生知道如何让一本书成为众人讨论的焦点：他给很多教堂里的显要人物寄去了那书。后来，我的女房东很高兴地得知，后来成为威斯敏斯特教堂副主教的巴兹尔·威尔伯福斯竟让我这本书成为了他周日晚上布道时的主题。在那之后一两周的样子，我去见了昂温先生，他告诉我，书的第一版已经卖完，他正忙于准备第二次印刷——那一刻，我真是兴奋到了极点。那是我在圣托马斯医院的最后一年，我正在准备最后一次的外科手术考试。而那时的昂温先生是个有着黑皮肤、漂亮的黑眼睛和令人难以忘怀的黑色胡须的帅气小伙儿。他讲话的声音也十分悦耳动听。他询问我对于未来的计划。我告诉他，一拿到医生从业资格，我就会抛开医学，并以写作谋生。听完，他将他的手放到了我的肩上。

“要靠写作来谋生是很艰难的，”他说，“写作是个非常好的副业，但却是个糟糕的饭碗。”

我轻蔑地耸了耸肩。我的第一本书成功了，那时的我也自信满满。我去国外待了几个月，回来后收到了我的书为我挣得的版税支票——只有二十多英镑。我开始意识到，费舍尔·昂温先生在跟我讲关于谋生的那番话时，是很明白自己在说些什么的。

我只想加一句，本书所描绘的贫民窟只是它在四十年前的样子。男人们穿珍珠扣装饰的衣服，玩六角手风琴；女孩们穿着带有长长流苏的衣服，戴大大的插有很多羽毛的帽子。他们不知道世间有留声机，也不知道什么是电影。他们不读报。与今天的同一阶层相比，他们受到的教育要少得多。他们用伦敦东区的方言来表达自己，我认为我在书中很准确地重现了他们讲话的方式。他们的词汇量不如他们的后代丰富，而且，在对语言的掌控更为有限的同时，感觉和思想也要简单很多。我希望读者不要认为书中描写的是今日的兰贝斯，我描写的只是一段早已消失不在的生活。

由于这辑序言同时也被用作以《兰贝斯的丽莎》为开头的一个系列的介绍，因此，现在我可以为这一小说系列做个评论了。这并不是个完整的集子。在这个选集中，我收入的都是那些我最满意的作品。我认为，所有作家都写过不值得一读的书。如果他要求读者认真去读他的所有书籍，他要求得就有些太多了，因他最好的作品或许就只有那么两三部，而如果在他死后，人们还对其作品感兴趣，那他就算是交好运了。人们应该通过作家最好的作品来评价他：因此选集里所包含的作品越少，越是体现了作家的审慎。如果写作是他谋生的唯一方式，那他有时可能不得不为了钱而写作，而在这种情况下，不可避免的是，他不太可能写出什么有价值的东西。当然，我们知道，为了挣够钱埋葬母亲，约翰逊博士[①]匆忙地写完了《拉塞拉斯》，虽然今天只有学生才会读这部作品，但它仍然是英语文学中一件不朽的作品。然而我想，他

① 塞缪尔·约翰逊（1709—1784），常被称为约翰逊博士，英国历史上最有名的文人，集文评家、诗人、散文家、传记家于一身。

可能很早就在脑海里构思好这个故事的主题了，钱袋羞涩也许并不是他写作此书的动机，而仅仅是个刺激而已，刺激着他克服了懒散的天性。这种刺激非常有效，并得到了多方证实：那些富有的人们，不管拥有多大的天赋，总是不愿强迫自己去创作出大量作品。因此，他们永远只是业余爱好者，尽管通常保有业余者独特的优雅及魅力，但也永远只是像业余爱好者那般无效率。

我明白，本篇序言以及之后的所有序言都将会是自负的序言。我希望我的自负并不会很不得体。要谈论自己而又不使人见怪是很难的，有的读者可能会认为，在这些序言中，我夸大了自己的重要性。我希望这部分人能明白，我对自己在今日文坛的地位没有任何幻想，也并没有夸大自己作品的价值。对于这些作品的不足之处，我比任何评论家都清楚。但读者们自己也清楚，除非是对这个作者感兴趣，否则没人会关心这类集子。因此，我可以合理地猜测，他们有兴趣知道每本书是在什么情况下写成的，也有兴趣了解作者对自己及其作品的看法。如果这些序言不是以自我为本位的，那才是荒唐。这些东西的写作给我带来了乐趣：如果它们不能给读者带来乐趣，那作家也没有动力再进行写作了。我尽量在文学界里谦虚行事，有过起起落落，但从未有过轰动性的成功；但我想，我也还算是个公众人物，否则也不会有这个集子的出版；但我从未写过任何获得了极大成功的书。尽管我写出了一些很多人都会阅读的书，但却从未写出过能让所有人都津津乐道的作品，也没有一部作品成为所有人的谈话焦点，或是受到一致好评。我的书从不是最畅销的。我从未赢得过评论家们一面倒的好评。我得到了很多赞扬，也遭受了不少贬损。尽管我因为那些赞扬而沾沾自喜过，因为那些贬损而消沉过，但它们都未能改变我前行的方向。我本想从那些点评过我作品的评论家们那里学到些什么，然而我却发现他们那里并没有多少东西可学。我想，要那些常常赶着交稿并且报酬又很低的评论家们为改善我的写作带来什么裨益，可能是过分的要求。或许我的评论家们一直认为不值得进行此种尝试；又或者是他们没有那种能力。一次，我在威尔明顿碰见了一位评论家，他承诺将会对我的某些剧本做出有所裨益的评论，但我想，他可能是太忙或是压根就忘记了，总之，在那次碰面后，我再也没有听到过来自他的消息。

在这部选集中，我没有收录进两部自己在某个时期因为急着挣钱而写的作品。它们是根据我未能上演的剧本改编的，我之所以选择了这种剧本，是因为根据已有的基本故事及对话雏形，我可以在几周内便完成一部小说。其中一本是《主教的围裙》。那时，我迷恋上了一个美丽动人的年轻女人，但对于我那微薄的收入而言，她的品味过于奢侈了。于是，我只得眼睁睁看着她那些富有的情人们带她去萨伏伊用晚餐，或在周日时去梅登黑德用午餐，而我则屈辱地袖手旁观。于是，我坐下来开始写这部小说，虽然因为嫉妒而心如刀绞，但我却愉快地写作着，因我明白，完成这部小说以后，我便也能提供她那肤浅的灵魂所渴望的东西了。这本小说获得了相当的成功，而我人生中第一次挣得了很多钱。但我没有料到，由于印刷和出版的延误，以及出版商一年才支付一次稿酬的商业规则，当我最终拿到那一大笔钱时，我已经不再对那女人感兴趣了，既不再想带她出去用晚餐，也不再想和她在湖上度过浪漫一日了。当我再回头看这本书时，总觉得有些心酸。另一本书是《探索者》，那是之后上演的一部戏剧的小说版。剧中的主要人物是一直牵动着我那年轻的想象力的探险家亨利·莫顿·斯坦利[1]，得益于吉卜林先生[2]的流行，健壮而沉默的斯坦利那会儿可算是风靡一时。剧本里说到这位英雄为了不伤未婚妻的心，拒绝洗刷加诸自身的骇人罪行，这样一来他的心上人就不会发现自己的哥哥根本不是什么光明磊落的汉子，而是一无是处的混账。没有任何观念能够接受这种堂吉诃德式的行为，所以这部剧惨遭滑铁卢。我将它改编成一部小说，是因为我的另一部小说——《魔法师》——被出版商给退了回来：就在快要出版之时，一位合伙人阅读了该书的样稿，却受到了惊吓。我一直认为，出版商最好是不要识字，只要会签名就足够了。然而这次事故却让我在接下来的一年里都无以为继。于是，我在一个月内完成了《探索者》——这是个相当沉闷的工作。为此，我很不喜欢这本书，

---

① 亨利·莫顿·斯坦利（1841—1904），英裔美籍探险家与记者，以他在非洲的冒险事迹而闻名于世。

② 吉卜林（1865—1936），英国小说家、诗人，诺贝尔文学奖获得者。

如果有可能的话，我倒是愿意它被禁止出版。在某个时期，这曾使我感到良心不安，就像是回忆起什么可耻的行为，不过现在我明白那都是些愚蠢的想法了；对于作家宁愿自己未曾写过的作品，公众的遗忘会更为彻底。

作家都会面临的一个麻烦问题是，他只能依赖公众的反馈来摸索写作的技艺。据称，莫泊桑刚开始写作时，总要先将作品给福楼拜看过，让他提出建议及批评，这样，在福楼拜手下做了九年学生之后，他才得以发表自己的第一个故事。这一事例很好地体现了二者的一些特质。对福楼拜而言，要年复一年地打击自己心爱的学生那奔腾的希望并不是件容易的事；而对莫泊桑而言，要持久地控制自己那不耐烦的天性也并非易事。然而他们二人对艺术都有着非常崇高且无私的热情。莫泊桑在政府部门担任着一个公职，这让他有了充足的生活来源，并有充足的闲暇来磨炼自己的写作技艺。也许作家在三十岁以前没有作品发表也是件很好的事，然而在目前的情况下，我却想不明白他们是如何熬过来的，因写作的练习是个非常艰苦的过程。如果你只是在一天的工作之后，用自己那早已疲惫的大脑进行写作，那要写出好东西是很难的，而写作也并不是作家唯一需要做的事。他还必须感觉与思考，他必须进行阅读，他必须让自己获得些经验。对于他所需要做的事情而言，一天二十四小时根本不算多。对于文学的追求是个全天候的工作，也是个非常吸引人的工作。小说家并不是在下笔前才开始构思他的人物，那些人物必须是早已在其脑海中盘旋多时，直到他完成那部小说为止。因此，他只能以分散的注意力来面对生活中的其他事情。他不可能还能很好地完成另一件事。

他需要全身心地投入文学的事业中。他边写边学，等到作品完成并发表时，他也能因此挣点儿钱。这作品很粗糙，也不成熟，如同他的判断力一样；他看不到自己作品的瑕疵，而即使看到了，他也很难寻到解决那些问题的方法。同样，他也能从自己已印刷出来的作品中学到一些东西，能从朋友的看法中学到些东西，甚至也能从评论家的批评中学到东西。英语是一门很难的语言，即使经过很多的学习及写作，也只能期待对这门工具最基本的掌握。作者在这个时期的作品仅是一些试验而已，若是其中某部作品具有了价值，那也纯属幸运的意外。青春是件非常美好的事，它带着迅速的联想，充满了活力、朝气与直率，幸运的时候，它可以弥补年轻人在某些技能及知识上的缺陷，那是些出版了二十本书的作家后期一些作品中才能有的技巧。当然，有时候，年轻就是某个作者唯一的资本。在这种情况下，当他的青春逝去时，便再也没有任何可以倚靠的东西了。这就是为什么许多年轻人能写出一两本很吸引人的作品，并且看起来前途也是一片光明，然而最终却落到江郎才尽让众人惋惜的地步。但若是一个作家意识到了这点，那么，到他成熟之时，他便能写出一些更具价值的作品，他也能选择一些成熟的作品编个类似这样的集子。

在我创作《兰贝斯的丽莎》期间，我在文学杂志上读到了安德鲁·朗[1]的一些文章。除了那些无疑很睿智且有用的话外（但我都不记得这些话了），他还说了一句蠢话。他说，年轻作家试图去写自己的时代及自己的生活是件很荒谬的事——他能知道些什么？而他唯一能写的有价值的东西便只剩下历史小说了，这样，他的不谙世事和如春天般的天真无邪才能不至于成为他写作的障碍。现在，我知道这完全是胡说八道了。在一个青年最初的二十五年里，他已经积累了足够多的生活感触；如果他具备小说家的那份直觉，他那时的感觉倒可能比之后的任何时候都要更为生动；而这个混乱时期与人建立的亲密关系，在后来的岁月中也很难达到。在成年之后的岁月里，谁还能像还是男孩时那样，对他的亲戚、朋友及仆人有着详尽无遗的了解？人们总是无意识地在孩子或小伙子的面前毫无保留地展露自己的一切，而在与同龄人或是长者交往时，却总是有着太多的防备。给年轻作者的建议应该是劝他们去写自己熟悉的事物。他们未受经验限制的想象力是极为丰富的；此时他的虚构能力还很贫乏，因此他最擅长的就是竭尽全力贴近他所看到的现实。从另一方面来讲，我想，若是没有对某个时期历史的深入了解及大量的基础知识作为基础，年轻的作者很难写出一部历史小说；我也不认为一个对人类尚没有深刻认识

① 安德鲁·朗（1844—1912），苏格兰著名作家和人类学家，与同一时代的亨利·詹姆斯、托马斯·哈代齐名。

的作者能写出任何鲜活的历史人物来。历史小说的写作不仅需要想象力（否则你如何再造过去？），还需要有对人性的深刻洞察，才能为早已死去的历史注入血肉。然而我却将安德鲁·朗的这句格言当作了绝对真理，并下定决心要遵循他的建议。

于是，有那么两三年的时间，我完全沉浸在意大利文艺复兴时期作品的世界里，并阅读了许多意大利语书籍。在马基雅维利的《佛罗伦萨史》中，我发现了一个能够激发我想象力的片段，那是卡特琳娜·斯福尔扎[①]与弗利之战的故事，在我看来，那是一个很好的小说素材。我弄到了大英博物馆阅览室的阅览证，于是，在我不必在医院工作的那些时间里，我去那里阅读了我能找到的关于这个话题的所有材料。暑假到来时，我离开伦敦，去了意大利的卡普里，并开始写作。那时的我满腔热情，也非常努力，每天早上六点就开始写作。我会一直工作到很疲倦了才停下笔去泡澡。我在卡普里度过了那个美丽的夏天，也完成了我的作品。我将其命名为《一个圣徒发迹的奥秘》。那是我的第二本书。批评家们对这本书的反应很是冷淡，公众也漠不关心。

在拿到我的医学学位以后，借着《兰贝斯的丽莎》成功的鼓舞以及我能看到的美好未来——那时我才只有二十三岁——我出发去了西班牙。我在那里待了八个月，并写了一些短篇小说。加

---

① 卡特琳娜·斯福尔扎（1463—1509），意大利贵妇，在领地卷入政治阴谋时，以大胆勇猛地捍卫领地而闻名。

上我先前寄给费舍尔·昂温先生的两个短篇，我凑成了一部名为《东向礼拜》的短篇小说集。那时，公众尚不是很熟悉这个词语，他们都希望我能举出什么格言警句以对此做出解释。于是我转向法国伦理学者和评论家们那里搜寻了一番，无果，之后便只得自己创造了一个："这是一个年轻的新入门的作者思想上的转折点，他正在积极尝试各种不同的风格和流派以寻找属于自己的文学风格定位。"[①]这其实主要是引自朱伯特[②]。这一标题（事实上也可作为我所有作品的总标题）很好地描述了我内心的想法，尽管自这本小册子出版以来，我并没有再回头去读它，但我认为，正是这本书里的那些粗糙而胡乱摸索的故事促发了我后来的探索之旅。我现在已经明白，自己那些凭空捏造出的引证稍微有些傲慢自大，因那时不可能会有人对我的思想转变产生任何兴趣，这里我想表达的只是我知道当时的这部作品有多么的不成熟。然而那些故事却得到了批评家们的高度赞扬，并为我带来了一笔可观的收入，但我却并不认为在目前的情况下，它们还值得收录到这本集子里。

我接下来发表的一本小说叫作《英雄》。那是受到布尔战争[①]的启发，也受到我那时对法国小说家的研究之影响。那是本很糟糕的书，并且我还认为它非常乏味。从校对样稿之后，我便没再

---

① 原文为法语。

② 约瑟夫·朱伯特（1754—1824），法国伦理学家和评论家。

③ 布尔战争，英国与南非布尔人建立的共和国之间的战争，历史上共有两次布尔战争，分别发生在1880年至1881年以及1899年至1902年。

读过它，因我总是无法克服对打开自己已经写成的作品的厌恶。我只记得，仅仅是出于对福楼拜的崇拜，我才写出了那些长长的景物描写。后来我才明白,没有什么比那更为单调乏味的了。我想，将这样的描写限制在三行以内会是个很不错的规则。如果一个作者不能在这样的篇幅限制之内进行足够的场景刻画，那么，他最好还是让读者自行想象为妙。这本书得到了很高的评价，但却没有引起公众的兴趣，因此，除了出版商提前支付的七十五英镑版税以外，那本书并未给我带来任何额外的收入。我认为这是一部有诚意的作品，我知道自己尽了全力来进行该书的写作，但事实证明，我对自己创作的作品仍旧知之甚少。于是我意识到，我应该把这整部作品浓缩为一篇短篇小说。之前我曾写过《克拉多克夫人》，然而在写成后的很长一段时间里，它都未能被人们接受。这是我继《兰贝斯的丽莎》之后第一部获得极大成功的小说。我开始拒绝再写关于贫民窟的故事，然而我写出来的东西不仅让我的出版商感到非常失望，也抵消了我的第一本小说为我带来的那一点儿小名气。读者们可在《克拉多克夫人》分册的序言中找到我对该书的更多评价。

接下来，我写了《旋转木马》这本小说。我不会对其进行再版，但当我回头看时，却不禁沉湎于其中。这是一次失败的尝试，然而过程却相当有趣，因此，有时我竟认为这样的失败值得再犯。在某个时期，我认为，小说家通常选定两三个人物作为主角，然后假定整个世界都是围着他们转，而其他人只是配角，这会给多样化的生活留下不真实的印象。我并不是和我所爱的女孩以及妨碍我的对手独立地存在于这个世界之上。我身边的人也会遇上各种惊心动魄的故事，对他们而言，那些故事就像是我的故事于我那般重要。然而小说家在写作时，往往却让他们的男女主人公像是生活在真空中一般。我想，要是我能在小说中囊括进更多联系并不太紧密但却活在同一个世界里的人，同样详尽地描写他们的故事，写出我对他们的所有认识，那么，这样的生活描写将会起到更好的效果。于是，我选择了一些必要的人物，并设计了四个同时发生的系列场景。我以为自己的小说就像是意大利修道院中那些壁画一样，能让人们看清所有人在所有场景中所从事的一切活动，然而人眼在一瞬间却只能进行匆匆的一瞥。对于我的能力而言，那样的计划显然算是好高骛远的。那时的我并没有意识到，故事中总会有一组人物会比其他人物更吸引人，而读者由于急于想知道这组人物之后的情况，便没有耐性再仔细关注其余的人物。我在写作这本书时，也受到了当时一批美学家作品的致命影响。男人们都无比英俊，而女人们也都是无比可爱。我非常矫情地进行着这本书的写作。我那时的态度就有些矫揉造作，因此我很害怕自己会情不自禁地就这样写下去。不过，我仍旧认为这次失败也同样有些可取的东西。或许，如果能以书中的某个人物的视角去观察那些相互交织的故事及所牵涉的人物，那么这本书也还能算是成功的。这个人物对不同场景的关注将它们紧紧连在了一起。而他对于小说中其他人物的反应之戏剧价值抓住了读者的注意力，他通过给读者造成一种错觉，让他们觉得故事正沿着单一的情节脉络发展。

最后一部我并未收入这部选集的小说是《魔法师》。这是唯一一本让我感到犹豫的书。我在这本书上下了不少工夫，并花了很多时间来组织材料。小说中的主人公部分来自柏林博物馆中亚历桑德罗·德尔·博罗[1]的肖像，部分来自我在巴黎认识的一个人。他是个奇人，在巴黎的拉丁区有很多关于他的传奇故事。我不知道他对于巫术的信仰有多么真诚，但我所听到的关于他的故事已足以激发我的想象，并令他成为我的新书主角。我读了伊莱·李维[2]的作品，为我那极尽夸张之能的荒诞主角搭建了一个戏剧性极强的故事框架。然而若不是为了向当时风靡一时的乔里·卡尔·于斯曼[3]致敬，我可能也绝不会写作此书。我认为现在的读者可能不会再对《彼处》抱有多大的兴趣了，然而在那时，它却是那么的神秘又发人深省。它会让人害怕得浑身发抖，因此，很多人都认为这本书有着独特的魅力。这是一类新型的耸人听闻的小说，是用一种好奇、生动而又不同寻常的法语写作而成。我认为，于斯

---

① 亚历桑德罗·德尔·博罗侯爵（1600—1656），意大利贵族，将军。

② 伊莱·李维（1810—1875），法国神秘学作家和魔法师。

③ 乔里·卡尔·于斯曼（1848—1907），法国小说家，西方现代主义文学转型中的重要作家，象征主义的先驱。

曼最重要的三部作品今后将被视为某一特定时期法国品味的某个特定方面的展现。尽管它们对当代文学的影响从时间上来讲非常短暂，但其影响范围却非常广泛。比起他的那些模仿者，于斯曼有个非常重要的优势：他真诚地相信着他所写的一切。他是个迷信得近乎疯狂的人，他始终坚信自己所描写的那些邪恶力量真的存在。他一直生活在对咒语及魔法等事物的恐惧之中。在我看来，那全是些荒唐的空想，我一点儿也不相信那些。我只是在玩一场游戏。而在这种前提下写作的书显然不会有半点儿生命力。这便是我并未将《魔法师》收入这套选集的主要原因。

第一章

这是八月第一个周六的下午。这一整天，天气都热得出奇，天空万里无云，阳光直接照射到房屋上，因此，每家顶层的房间都像变成了烤箱。然而现在，随着夜幕的降临，天气终于渐渐凉了下来，维尔街的人们于是都来到了街上。

兰贝斯的维尔街是一条短而直的街道，通往威斯敏斯特桥大街。街道一旁有四十幢房屋，另一边也同样有四十幢，这些房屋彼此极为相似，就像豌豆与豌豆间的相似，也像年轻女孩间的相似。这是些新建的三层建筑，肮脏的灰砖，石板瓦屋顶。这些房子表面都非常平整，没有弓形窗，没有突出的飞檐或是窗台，这样，从街头看到街角，几乎完全是一条直线。

这个周六的下午，街上充满了生气。街道上没有车辆，人行道中间的水泥地上挤满了孩童。一些兴高采烈的男孩们在玩板球，他们以大衣当作三柱门，用旧的网球或将一些碎布绑起来做球，并且，一般而言，都以扫帚柄来做球板。那三柱门非常大，球板则很小，因此投球手很容易得分。每次爆发激烈的争吵时，总是击球手坚决拒绝出局，而投球手一定会坚持应继续比赛。女孩子们则要平和许多，她们的活动主要是跳绳，并且只是在绳的放置不合适或是跳跃的人跳得不够高时，才会温和地相互指责一番。最糟糕的是那些非常小的孩子，由于已经好几周没有降雨，街上干燥又干净，堪比室内的场地。这样，由于没有泥巴可玩，那些孩子只得坐在路边，如同诗人般郁郁寡欢。而婴孩的数量则大得惊人，他们总是满地到处爬，人行道上，房门周围，以及他们母亲的裙边。大人们也在屋外聚集起来，通常会有两个女人蹲在门阶上，两三个女人坐在道路两边各自的椅子里，她们总是在看护孩子，并且大多已有清晰的迹象表明，今日母性关怀的对象很快就会被新生儿所取代。街上的男人没有那么多，然而一旦有映入眼中的，他们不是倚靠在墙上抽烟，便是坐在底层的落地窗窗台上。不管是在贝尔塔莱维亚区[①]，还是在维尔街，这都是个萧条的季节。若不是有新生或即将出生的婴孩，抑或邻近地区简陋的旅馆里适时发生的谋杀案，大家便没有什么可讨论的话题。事实上，

① 英国伦敦以贝尔格莱夫广场为中心的上流住宅区。

那一小群人正聚在一起不动声色地谈论当地接生员的暴行或是好处，比较她们各次分娩的情形。

“你的小麻烦很快就要结束了，是吧，波利？”一位女士向身旁的另一位女士发问。

“哦，我估计我还得再忍两个月。”波利回答道。

“很好，”第三位女士加入了她们的谈话，“看你的样子还真不大看得出来。”

“亲爱的，我希望你这次生的时候容易些。”一位矮矮胖胖的老妇人说道，她可是个重要人物。

“上一个孩子出生时，她说她不会再要孩子了。”波利的丈夫评论道。

那矮胖的老妇人对这类事情比较在行，常常以自己丰富的经验自夸：“哦，她们总是这么说。不过，上帝保佑，她们心里可并不这样想。”

“好吧，我已经有三个孩子了，我不会再要了。再生就让老天惩罚我；再那么下去可不好——我就是这么看的。”

“你说得没错。”波利说，“我说，哈里，你再要我生孩子，我就跟你离婚，我说到做到。”

这时，一位拉着手摇风琴的街头艺人从一个街角拐弯，然后走到了这条街上。

“太好了，来了个风琴手！”好几个人立即叫道。

这风琴手是个意大利人，长着一头黑发外加一脸浓密的胡须。他为他的风琴找了个不错的地点，于是停下脚步，松开肩上的皮带子，扣紧头上那又大又软的帽子，然后便演奏起来。这是一首活泼欢快的曲子，很快，便有一小群人聚集在他的身旁，驻足欣赏。听众中主要是年轻男女，因为结了婚的女士们不再适合跳舞，因此也就不愿再费心地围到这风琴前面来。一开始，大家都有些犹豫，接着，一个女孩对另一个女孩说道：

“来吧，弗洛里，你我不必害羞，让我们来起这个头吧！”

两个女孩手牵着手开始跳起舞来，一个扮绅士，一个扮淑女。接着，有三四对女孩很快加入了她们，大家开始跳华尔兹。她们站得笔直，表现出特别尊贵的样子，看起来令人印象深刻。她们慢慢地滑动着脚步，步伐极为精准，那样的端庄得体足以配得上正式的宫廷舞会。过了一会儿，男士们也忍不住了，于是，就有两人非常得体地挽住彼此，开始了他们的华尔兹，脸上的神色庄重得犹如正在判案的法官。

突然有人叫道：“丽莎来了！”很多人开始转身看，并叫道：“哦，快看丽莎！”

跳舞的人也停了下来，那风琴手刚好弹完一首曲子，于是也停下来，想看看究竟是什么导致了这一片混乱。

“哦，丽莎！”他们叫道，“快看丽莎，哦！”

这是个十八岁上下的女孩，眼珠黝黑，浓密、蓬松而又卷曲的刘海把整个前额从左到右盖得严严实实，都快到眉毛处了。她穿着一身鲜艳的紫色衣服，佩着漂亮的丝绒垂饰，头上还戴着一顶大大的、插着羽毛的黑帽子。

“我说，她可真是漂亮，对吧？”她经过时，街上的人们都这么说。

“她可真会打扮！要我看她都美得冒泡儿了。”

丽莎看到了自己造成的轰动效应，她挺直身板，高昂着头，大摇大摆地穿过街道，一边还扭动着身体，仿佛这完全就是她个人的舞台。

“比尔，你买下这条街了吗？”一个年轻人叫道。接着，好几个人也立即爆发起来，仿佛受到了鼓舞一般：

“给老肯特路上的娘儿们点儿厉害看看！”

这立即得到了更多人的响应，他们一起喊叫起来：

“给老肯特路上的娘儿们点儿厉害看看！耶，啊，给老肯特路上的娘儿们点儿厉害看看！”

“哦，丽莎！”他们叫道。整条街的人都已加入进来，他们发出长长的刺耳尖叫及怪叫声，那声响顺街而下，又从街那头传来回应声。

“真是特别！”一个人摇头叫道。

“哦，丽莎！哦！哦！”又是一阵喊叫和口哨声，接着，大家开始一起喊叫先前的那句话：

“给老肯特路上的娘儿们点儿厉害看看！”

丽莎拿出胜利者的姿态，陶醉于这喧嚣，继续往前走。她端着胳膊，将头扭向一边，在经过这些大声咆哮着的人群时，她自言自语道：

“这真是种干扰！”

“给老肯特路上的娘儿们点儿厉害看看！”

当她走近手风琴附近的那群人时，其中的一个女孩冲她叫道：

“丽莎，这是你的新裙子？”

“哦，它很不同于我过去那些裙子，是吧？”丽莎说道。

“你在哪里买的？”另一个朋友极为羡慕地问道。

“当然是在街上买的！”丽莎轻蔑地回答说。

“我看跟我在典当铺里看到的一条裙子一模一样。”一个男人取笑她道。

“就是这样的，不过你在那里做什么？是去当你的衬衫，还是去当你的裤子？”

“哟，我才不会穿典当铺里的二手货。”

“去你的！”丽莎愤慨地说，“你再瞎说，我就给你那张造谣的嘴一巴掌。我这是在西区买的材料，让我的宫廷服装师给我缝制的，所以，你可以收起你那恶心的玩笑了，可怜虫！”

“去你的！”那人回答说。

丽莎一直专注于自己的新裙子，以及它如何引得众人都兴奋起来，因此并未留意到那风琴。

“哦，我说，我们来跳跳舞吧！”等到终于发现那风琴时，她立即说道。“来吧，莎莉，”她对其中的一个女孩说，“我们一起跳个舞吧。老朋友，让我们一直跳到鞋底磨破吧！”

那风琴手于是又新起了一首曲子，是《乡村骑士》[①]的间奏曲。其他人也很快加入进来，他们开始以先前那份庄重跳起华尔兹。然而丽莎却比所有女孩都要出色；如果说她们庄严得像王后，那么，丽莎则是庄严得像女王。她跳舞时的那份端庄令人震惊，与之相比，你会觉得小步舞完全就是嬉戏；那简直就是为了在首席舞蹈演员的坟墓旁跳或是职业幽默作家的葬礼上跳而专门设计的舞步。她的优雅，她眼里的平静，轻蔑噘着的嘴，手划出优美的弧线，脚勾出优雅的弓形，都不禁让人大为感叹。看到这里，你会发现，她完全有权成为维尔街的独裁者。

她突然停了下来，放开了她的同伴。

“哦，我说，”她说道，“这曲子真是太慢了，让我觉得很不舒服。”

这句复述或许并不精确，但要给出丽莎及这个故事中其他人物未经删改过的原话真的很难；读者们可能还需要用心辨认一下语言中的错漏。[②]

---

① 《乡村骑士》，意大利作曲家、指挥家马斯卡尼的代表作，意大利独幕歌剧。

② 生活在兰贝斯的人都为社会底层人员，文化层次较低，所说的话多有语音语法错误，译文难以呈现其原貌。

“这曲子太慢了，”她又一次说道，“这让我觉得很不舒服。让我们来点儿比这个华尔兹更有生气的东西吧。莎莉，你站在那里，我们来给他们展示一下长裙舞。”

大家都停下了舞步。

“说到坎特伯雷和伦敦南部的芭蕾舞，在你看过兰贝斯维尔街的芭蕾舞后，就不会喜欢它们了 ——让他们知道我们的厉害！”

她走向那位风琴手。

“现在，我的意大利朋友，”她对他说，“你打起精神来，给我们来点儿有激情的曲子！明白了吗？”

她抓住他的大帽子往下拉，直至遮住了他的眼睛。那男人咧着嘴笑了起来，并开始按照丽莎所要求的那样，演奏起一首欢快的曲子。

男人们退了下去，一些女孩则很快站好了位置，一对对地面对面站在一起。音乐很快响起，她们也开始随之翩翩起舞。她们拎起两边的裙角，让脚露出来，然后便开始了那极具难度的舞蹈。丽莎是对的，那些专业的芭蕾舞演员也不一定能跳过她们。然而其中跳得最好的还是丽莎，她全身心地投入其中，忘掉了跳华尔兹所需要的那份僵硬，抛开了先前那副煞费苦心的优雅，完全沉浸到当下的欢乐之中。渐渐地，其他人四散开来，只留下丽莎和莎莉。她们小心地挪动着脚步，留意着对方的步伐，非常自然又协调一致地移动，让两人的舞步看起来非常和谐。

“我要停下来了，”莎莉气喘吁吁地说道，“我有点儿吃不消了。”

“丽莎，别停下来！”莎莉停下舞步后，很多人开始大叫道。

她就像没有听到一样，依然平静地继续她的舞蹈。她滑动脚步，摇摆身子，牵动着她的裙子，一切都是那么迷人，那么优雅。接着，风琴手换了下一首曲子，她也就跟着改变了舞蹈风格：她的脚步移动得更快了，也不像先前一样站得笔直了。她因为旁观者的崇拜而兴奋，她的舞蹈也变得更狂野，更大胆了。她将裙角高高举起，即兴创作了一些新的高难度动作，她踢腿，前进又后退，心里很是自豪。

“快看她的腿！”一个男人叫道。

“看她的长袜！”另一个男人叫道。事实上，它们很引人注目，同她的衣服一样，丽莎也选择了色彩鲜艳的长袜，并为自身服饰在色调上的出色搭配感到自豪。

她跳得越来越欢了；她的脚几乎很少着地，疯狂地转圈。

“小心点儿，别把自己踢裂了！”在一次大胆的踢腿动作后，一个爱开玩笑的人叫道。

话刚说出口，丽莎便奋力抬起腿，踢掉了那人的帽子。人群中因此爆发出一阵掌声，她于是又接着起舞、旋转、扭动，展开她的裙子，腿踢得越来越高。最终，在人们的一片齐声高呼中，她双手往地上一撑，来了一个漂亮的侧手翻。接着，她试图恢复以脚着地的姿态，然而却不慎跌入围观人群前排一个年轻男子的怀里。

“这就对了，丽莎，”他说，“现在，给我们来个吻吧。”他立刻就要去亲吻丽莎。

“滚开！”丽莎一边骂，一边不太客气地推开他。

“对啊，给我们来个吻吧。”另一个人一边叫道，一边朝她跑去。

“我一个巴掌扇死你！”丽莎一边闪躲，一边优雅地说道。

“抓住她，比尔，”第三个男人叫道，“这样我们都可以亲她了。”

“不，你们休想！”丽莎尖叫着，开始逃跑。

“来吧，”他们叫道，“我们快抓住她。”

她开始极力闪躲，终于脱离了那一小群人。她提起裙子，以免妨碍了奔跑，然后沿街一路跑起来。一群男子于是开始追赶着，一边吹口哨，一边呼喊叫嚷；屋子里的人们也走到门口围观这出闹剧，并在她经过自己身边时冲她大喊。她跑得就像是一阵风那么快。突然，边上的一个男人猛冲到路中央，挡在她的道上，还没等她反应过来，便尖叫着撞入了那人怀里。那男人于是将她举起，硬在她脸上留下了两记重重的亲吻。

“哦，你……”她说。她说的话颇为下流，也无法以委婉的方式传达出来。

旁观者们哄笑起来，丽莎抬起头来，看到了一个强壮的、留着胡子的陌生男人。她涨红了脸，很快从他的手里挣脱开来，在所有人的嘲笑声里，飞快地溜进了最近的一处房屋，消失在众人的视野中。

第二章

丽莎正和母亲一起用晚餐。坎普太太是个矮矮胖胖的老妇人，生得一张红脸，灰灰的头发被紧紧地梳到前额后面。她已经守寡多年，自从丈夫去世后，她便和丽莎一起住在这底层房子的前屋里。她的丈夫生前是个军人，于是她从这个懂得感恩的国家那里得到了一笔让她不至于忍饥挨饿的养老金。通过给别人做零工以及她能做的一些零碎事情，她又额外挣得了一笔酒钱。而丽莎在一家工厂工作，同样能够养活自己。

这天晚上，坎普太太看起来很是生气。

“丽莎，你今天下午去哪儿了？”她问道。

“我在街上。”

“我需要你时，你总是在街上。”

“妈妈，我并不知道你那时需要我。”丽莎回答说。

“哦，你应该过来看看的！你知不知道，我很可能就这么死在家里了。”

丽莎没有再说什么。

“今天我的风湿病发作得特别厉害，我都不知道该怎么办了。医生说我应该用他给我的药擦拭一下，但你从来都不肯为我做点儿什么。”

“哦，妈妈，”丽莎说，“你的关节昨天不是还好好的吗？”

“我知道你做什么去了，你是去显摆你那新裙子了。真是浪费钱，你该让我帮你存起来的。说到这里，我比你更想要一条新裙子。不过，我当然无所谓了。”

丽莎没有回答，而再也无话可说的坎普太太也开始默默地吃起饭来。

接下来，倒是丽莎先开口了。

“街上又搬来了新的住户。你见过他们了吗？”她问。

“没有，都是些什么人？”

“我也不知道。我看见一个小伙子，一个留着胡子的高大小伙子。我想他就住在这条街的另一头。”

说着，她觉得自己有些脸红了。

“你可以确定的是，来这里的不会有什么好人，”坎普太太说，

"我不看好那些新来的人，这条街已不再像我刚来时那样了。"

她们吃完饭后，坎普太太站起身来，喝光了她那半品脱啤酒，对女儿说道：

"丽莎，别想那些事了。我要去看克莱顿夫人，她刚刚生了对双胞胎，在这之前，她就已经有九个孩子了。我觉得她真可怜，上帝也不收几个回去。"

说完这句好心的评论后，坎普太太走出门去，到了与她们隔着几幢房子远的另一处人家。

丽莎并未按母亲说的那样，先将晚餐用具收拾好，而是打开窗户，并将椅子拉了过去。她倚靠在门栏边，眼睛朝街上望去。太阳落山了，暮色已经降临，天空越变越黑，闪闪的明星渐渐显露出来；虽然没有风，天气却非常宜人，非常凉爽。一些人仍在自家门口坐着，继续着之前那些永远也讲不完的相同的话题，只是随着黑夜的来临，大家已经不大兴奋了。男孩子们仍在街上玩板球，但几乎都在街道的另一头，因此，他们的叫声传到丽莎耳朵里时，已是模糊不清了。

她坐下来，用手托着头，呼吸着新鲜空气，感受着某种她并不常有的优雅宁静。她满怀感激地想到，这是周六的傍晚，明天早上她不必再早起上班，她为能休息而感到心情愉悦。然而她却觉得有些累，也许是因为下午的兴奋，于是，她开始默默地感受这夜的宁静。四周是那么的静谧，那安静让她感到一种莫名的愉悦，她觉得自己可以整晚坐在那里，观看窗外那寒冷阴暗的大街，或是举头仰望明星。她非常开心，然而同时心中又有一种奇怪的前所未有的忧郁，这让她有种想哭的冲动。

突然，一个黑影走到窗前，她尖叫起来。

“谁在那里？”她问道。那时天已经很黑了，因此她无法看清站在她面前的这个人。

“丽莎，是我。”那人回答道。

“汤姆？”

“是的！”

这是个有着一头浅黄色头发的年轻人，脸上那漂亮的小胡须让他看起来略有些孩子气。他的肤色较浅，一双蓝眼睛，看起来坦率又讨人喜欢。同时，奇怪的是，他竟有些羞怯，有人同他讲话时，他总是会脸红。

“有什么事吗？”丽莎问道。

“丽莎，出来一起散散步，可以吗？”

“不！”她果断地回答道。

“丽莎，你昨天答应了我的。”

“昨天和今天是两码事。”她机智地回答。

“是的。不过，快出来吧，丽莎。”

“不，我已经告诉过你，我不去。”

“丽莎，我想要跟你谈谈。”丽莎的手原本是放在窗台上的，然而汤姆竟伸出手来按住她的手，她迅速把手缩了回来。

“哦，我可不想跟你讲话。”

然而事实上，倒是她先开口打破了沉默。

“我说，汤姆，这条街上新搬来的是什么人？就是那个留着棕色胡子的大个子。”

“你是说今天下午吻你的那个家伙吗？”

丽莎又一次脸红了。

“是啊，他为什么要那样做？”她有些不大切题地说道。

“那我可就不得而知了。我只是问你，你说的是不是那个人？”

“是的，我说的就是他。”

“他叫布莱克斯通，吉姆·布莱克斯通。我只同他讲过一次话，他住在十九号屋顶层的那两间房里。”

“他为什么会需要两个房间？”

“哦，他有一个很大的家庭——五个孩子。你没有在街上见过他老婆吗？她是个又高又胖的女人，看起来非常有趣。”

“我不知道他还有老婆。”

接着又是一阵沉默。丽莎坐着沉思，汤姆则站在窗边看着她。

“丽莎，你真不跟我去散步吗？”他终于又开口道。

“不去了，汤姆，”她说，这次语气显然温和了许多，“现在太晚了。”

“丽莎。”他叫道，同时，脸也红到了耳根。

“什么？”

“丽莎……”他没法再说下去，又因为害羞而结巴起来，“丽莎，我……我……我爱你，丽莎。”

“去你的！”

他突然变得异常勇敢，果断地牵起她的手。

“你知道，丽莎，我现在的工作能挣二十三先令，并且我母亲离开时，还给我留下了一些家具。”

女孩没再说话。

“丽莎，你会爱我吗？我会成为一个好丈夫的，丽莎，我发誓一定会说到做到；并且你知道，我也不是个酒鬼，你愿意嫁给我吗？”

“不，汤姆。”她平静地回答道。

“哦，丽莎，你不爱我吗？”

“不，汤姆，我无法爱你。”

“为什么？自圣灵降临节[①]以来，你一直都和我一起散步的。”

“哦，现在的情况可不一样了。”

“你不会是要和别人去散步吧，丽莎？”汤姆紧接着问道。

“不，不是的。”

“哦，那你为什么不愿同我一起去，丽莎？哦，丽莎，我真的

① 圣灵降临节，复活节之后的第七个星期日，基督徒们在这一天庆祝圣灵从天堂来到人间。

爱你，我从来没有这样深的爱过一个人！”

“哦，我不能爱你，汤姆！”

“你心里有什么别的人了吗？”

“没有。”

“那为什么不可以是我？”

“汤姆，我感到非常抱歉，但我没有爱你到想要嫁给你的程度。”

“哦，丽莎！”

她看不清他脸上的表情，但却感觉到了他声音里的痛苦。突然，她心生怜悯，随即将身子探出窗外，伸出双臂环住汤姆的脖子并亲吻了他的两颊。

“别难过，老朋友，”她说，“我不值得你为我烦扰。”

随后，她很快抽身回来，砰的一声关上窗户，转身向屋子里走去。

第 三 章

第二天是周日。早上，丽莎在穿衣服时，突然感觉到生命中鱼与熊掌不可兼得的那份艰难；她深深懊悔自己已经把新裙子穿了出去，再也没有第一次在众人面前亮相出风头的机会了。于是她叹了口气，穿上了平日里所穿的普通的工作服，开始准备早餐，因为她的母亲前一天晚上很晚还出门庆祝街道上一个新生命的诞生，因此今天早上，她的“风湿病”又犯了。

“哦，我的头啊！”她一边说着，一边将两手放到前额的两边，“我又开始神经痛了，我该怎么办啊？我不知道究竟是为什么，但它总是会在周日早上发作。哦，还有我的风湿病，它们让我这一晚上难受死了！”

“妈妈，你最好去医院看一下。”

“不，我不去！”这位尊贵的女士坚定地说，“那里只是些年轻人在跟你捣乱，他们会看着你，然后告诉你要远离酒精。那么，我怎么说？我说，没有啤酒，我就活不了。”她敲打了一下枕头，以示强调。

“我每天必须做很多事情，照顾你，做饭，将一切收拾妥当，并做完所有的家务，当然还包括清洁工作——哦，我说，要不是靠这点儿啤酒撑着，我可能早就垮掉了。”

她一边用力咀嚼着黄油面包，一边喝茶。

“丽莎，吃完早餐后，”她说，“你可以打扫一下壁炉，还有，我的靴子需要上点儿油了，你找隔壁的蒂克先生要些黑色鞋油来。”

她沉默了一会儿，又接着说道：

“丽莎，我认为今天我不应该起床。我的风湿病犯得很厉害。你收拾一下屋子，并负责做饭吧。”

“好吧，妈妈，你就在床上待着吧，我会为你做好所有事的。”

“哦，考虑到你小时候给我带来的麻烦，考虑到你出生时，医生认为我绝不可能挺过来，这一切都是你应该做的。丽莎，你是怎么处理你每周挣的钱的？”

“哦，我把钱放起来了。”丽莎平静地回答道。

“放哪里了？”她母亲问。

“在一个安全的地方。”

“那是哪里？”

丽莎被逼到了角落里。

“你问这个做什么？”她问。

“我为什么不能知道？你以为我是想要偷你的钱吗？”

“不，不是那样的。”

“哦，那你为什么不告诉我？”

“哦，只有一个人知道的地方会更为安全。”

这个回答非常谨慎，然而这却让坎普太太更加激动。她从床上站起来，冲女儿挥动着她那紧握的拳头。

“我知道你这是什么意思，你——你！”她的语气极为强硬，形容词也非常独到，但却太过粗暴，不适宜呈现她的原话。“你以为我会偷你的钱，”她继续说道，“我知道你会那么想！你以为我会拿你那肮脏的钱吗？”

“哦，妈妈，”丽莎说道，“从前我告诉过你以后，那钱就会变少。”

“你这是什么意思？”

“那钱变少了。”

“哦，那么我也帮不了你，不是吗？任何人都可能进来偷走你的钱。”

“妈妈，如果是藏起来的，他们就偷不走，不是吗？”丽莎说。

坎普太太挥了挥拳头。

“你这个肮脏的小贱人，你，”她说，“你认为我拿了你的钱！

那么，你应该把你每周的薪水交给我，而不是去买些乱七八糟的垃圾，而我却还要省吃俭用地供养你。”

“你知道，妈妈，如果我不稍微存点儿钱，你把你的钱花完后，我们就会相当缺钱。”

坎普太太总是到周二便花光了她的钱，之后，一直到周六，丽莎就得负责两人的生计。

“哦，别说了！”坎普太太接着说道，“在我还是个年轻女孩时，我把所有的钱都给我母亲。她从来就不需要开口。每个周六，我都会在领到工资后将我的钱如数上交我母亲。这才是一个女儿该做的事情。我敢说，我是像一个女儿该做的那样对待我母亲的。不像你们这些挥霍的人！她从来就不必为了买啤酒喝而开口问我要钱。”

丽莎是个聪明人，她没再说话，只是戴上了自己的帽子。

“你现在是要出门，把我一个人丢下吗？我不知道你跟那些男人在街上搞些什么名堂。那不是什么好事，我敢肯定。你让我一个人待在家里，我可能会死掉的。”

这位老妇人沉浸在自己的悲伤中，并哭了起来；而丽莎则溜出房间，往大街上走去。

汤姆斜靠在对面一所房子的墙上，看到丽莎出门，他立刻迎了上来。

“天哪！”在看到他后，丽莎说道，“你在这里做什么？”

“丽莎，我在等你出来。”他回答说。

她很快地看了他一眼。

“我今天不跟你一起出门，如果你是为了这个。”她说。

“丽莎，在听到你昨晚对我说的那些话后，我绝没有想要再问你那件事了。”

他的声音有些伤感，丽莎觉得有些对不起他。

“但你确实是想要跟我讲话，是吧，汤姆？”她更为温和地说道。

“你明天不用上班，是吧？”

“是的，明天是法定假日，怎么了？”

“是这样，他们弄到了一辆车，打算明天去清福德玩一天，我也要去。”

“哦！”她说。

他有些疑惑地看着她。

“丽莎，你愿意去吗？就是个普通的聚会，去的都是这条街上的人。你说呢，丽莎？”

“不，我不能去。”

“为什么？”

“我没有——我没有钱。”

“我是想问，你不愿意跟我一起去吗？”

“谢谢你，汤姆，但我真的不能去。”

“丽莎，你就跟我一起去吧，这对你又不会造成什么伤害。”

“不，总觉得怪怪的；我不能跟你一起出去却又对你没意思！这就好像我白白地骗你请我出去玩一次。”

“我不知道为什么不可以。”他非常失望地说。

“在我说完昨晚那些话之后，便意味着我不能再和你待在一起了。”

“丽莎，如果没有你，我觉得那些旅行都完全没有意义。”

“汤姆，你可以找其他人一起。没有我，你一样可以生活得很好。”

她冲他点了点头，随后便向她朋友莎莉的家走去。到门口后，她将双手举到嘴巴前，做成小号的形状，叫道：

“我！我！我！莎莉！”

一些人站在一旁模仿她。

“我！我！我！莎莉！”

“滚开！”丽莎说着，也扭头去看他们。

然而莎莉却没有出来，于是，丽莎又开始叫喊起来。男人们又开始模仿她，因此，他们一起制造出来的噪音已足以吵醒所有沉睡的人。

“我！我！我！莎莉！”

顶层的窗户伸出来一个脑袋，丽莎把帽子拿下来挥了挥，喊道：

“快点儿下来，莎莉！”

“好了，老伙计！”楼上的人大声喊道，“我马上就来！”

“圣诞节也马上就来了呢！”丽莎机智地回答道。

楼梯上响起了一阵嘈杂的脚步声，莎莉飞奔下楼，与她的朋友紧紧地抱在一起。她们回忆起最近一起去看的一部情节剧，她们开起了玩笑。

“哦，亲爱的！”丽莎一边说，一边亲吻并紧紧搂着她，装出一副欣喜若狂的神情。

“我最亲爱的爱人！”莎莉回答，同时也回应着丽莎的表演。

“小姐今天还好吗？”

“哦！”莎莉满怀柔情地回应道，“棒极了，殿下今天可好？”

“我感到非常遗憾，”丽莎回答道，“今天我总是觉得肚子疼。”

莎莉是个瘦小的女孩，留着浅茶色头发，长着一双蓝眼睛，脸上有些雀斑。她的嘴很大，方方的牙齿排列稀疏，看起来甚至能嚼得动铁条。她的穿着与丽莎类似，一条黑色的短裙以及一件旧的老式紧身胸衣，间杂着绿色、灰色和黄色。她将袖口挽至了肘关节处，腰上围着非常肮脏的围裙——我们还依稀可以看出，那围裙在很久以前曾是白色。

“你干吗在你头发上弄那个东西？”丽莎指着莎莉头上的卷发垫纸[①]问道，“你今天要跟哪位年轻小伙子出去吗？”

“不，今天我会在家里待一整天。”

“那你弄头发做什么？”

---

① 一种软纸，把一绺头发放在上面卷曲起来进行卷发。

“是这样，哈里明天要带我到清福德去。”

“哦，是坐‘红狮’马车吗？”

“是的，你会去吗？”

“不。”

“啊，你为什么不和汤姆一起去？他会带你去的。能带你出去玩，他一定高兴极了。”

“他邀请我和他一起去了，但我没有同意。”

“天哪，为什么？”

“我不能和他待在一起。”

“你可以像以前一样和他玩啊。”

“不行。你会和哈里一起去，对吧？”

“是的。”

“你打算跟他在一起了吗？”

“你又猜对了！”

“哦，不过我不能跟汤姆去了之后，最后又抛弃他。”

“唉，你真是个傻瓜！”

两个女孩开始沿着威斯敏斯特桥大街散步，莎莉在遇到她的意中人后，便跟他走了，剩下丽莎一人独自往回走，心里想着要赶紧回去做饭。然而她这一路却走得很慢，因为她几乎认识这条街上所有的居民，经过一户户人家时，她发现很多人坐在门口；但与昨天傍晚不同的是，他们大多正在削土豆皮或是剥豌豆，而她总会停下来与大家聊几句。所有人都喜欢她，也很高兴能有她的陪伴。“丽莎这人可真好，”在她走后，人们会这样评论道，“她真是个少见的好姑娘，对吧？”

她会关心所有老人们的病痛，并巧妙地向刚出生的和尚未出生的婴儿们问好。孩子们会围在她的裙边，央求她和他们一起玩，这时，她会拿起跳绳的一端，在她的挥舞之下，穿得破破烂烂的小姑娘们总是跳不上两三下就被绳子绊住了。

快要到家时，她突然听见一个声音传来：

“早上好！”

她往四周看了一下，认出了汤姆告诉她叫作吉姆·布莱克斯通的那个人。他在一户人家门前的板凳上坐着，有两个很小的孩子骑在他的膝盖上玩耍。看到那浓密的棕色胡子，丽莎立即想起他来——给她留下深刻印象的同样还有他那高高的个子。事实上，今天早上，丽莎发现他确实又高又壮，此外还长了一张粗犷的男性特征十分明显的脸和一双漂亮的棕色眼睛。她估计这男子的年龄可能在四十岁左右。

“早上好！”见她停下来看着自己，他于是又说了一遍。

丽莎羞红了脸，不知该做何回答。

“你不必表现得好像我想要吃了你似的，因为我是不会那样做的。”他说。

“哦，是吗？我才不怕你。”

“那么你为什么会脸红？”他尖锐地问道。

“哦，我没有。”

“你不会是因为我昨天亲了你而生气吧？”

“我没有生气，但考虑到我并不认识你，这样倒挺特别的。”

“哦，是你自己冲到我怀里的。”

“我没有，是你跑出来抓住我的。”

“并在你还来不及做出任何反应之前亲吻了你。”他为自己的这想法乐了起来。“哦，丽莎，”他接着说道，“鉴于我亲吻了不情愿的你，你现在能做的最恰当的事便是心甘情愿地亲我一次。”

“我吻你？”丽莎说，同时张大嘴巴看着他，“哦，你可真是个混蛋！”

孩子们又吵着要接着玩被丽莎的到来打断的骑马游戏。

“这是你的孩子吗？”她问。

“是的，这是其中的两个。”

“哦，那你有多少个孩子？”

“五个。最大的女儿十五岁，二儿子十二岁，然后是你眼前的这两个以及一个刚出生的。”

“哦，那你的经济压力可不小。”

“不仅是不小，对我而言，这压力太大了——并且接下来还有。”

“啊，这个，”丽莎笑着说，“那也是你的错，不是吗？”

接下来，丽莎向他道了早安，然后便转身离去。

他目送着她离去，看见五六个男孩缠着她，请求她和他们一起玩板球。他们抓住她的手臂及裙子，将她拽到他们的“球场”边。

“不，我不能陪你们玩，”她一边说着，一边试图离开这里，“我需要回家准备午餐。”

“你要做饭吗？”一个小男孩叫道，“噢，铺子里不总在做猫肉吗？”

“你这个小混蛋！”丽莎粗俗地骂道，并推了那孩子一把。

他躲开她，然后大叫了一声，接着，他转身抱住丽莎的腿，然后另一个男孩吊住她的脖子将她拽倒，三个人于是在地上揪作一团，一边还滚来滚去。很快，其余的男孩子也加入进来，压到他们身上，于是便有了成堆的手臂、腿和脑袋在那里混乱地挥舞。

丽莎好不容易才挣脱开来，取下帽子来拍打那些孩子，口中各种“生动”的词句源源不断地冒了出来。接着，在清理完战场后，她凯旋般地撤回自己的屋子，开始准备午餐。

第四章

法定假日这天是个大好的日子：万里无云的晴空预示着正午时分可能会热得令人窒息，但早上，当丽莎起床后打开窗户时，空气却是清新而又凉爽的。她一边穿衣服，一边想着要怎样度过这一天，她想起了将要同爱人一起去清福德的莎莉，而自己却要留在这条可能半数的人都会外出的乏味的街上。她开始有点儿希望这只是个普通的工作日，希望从来就没有什么法定假日之类的事。现在看来就好像是在经历两个重复的周日，然而第二个周日要比前一个糟糕许多。丽莎的母亲还在睡觉，她不必急着做早饭，于是，她便默默地站在床前，看着街对面的一所房子。

不久，她看见莎莉出门了。她穿着紫色的细麻布上衣和一条时髦的点缀着天鹅绒的红裙子，戴着一顶铺满羽毛的硕大的帽子。她那自周六开始就一直夹在卷发垫纸里的头发已然成形，淡棕色的刘海将整个脑门遮得严严实实。看得出来，她此刻的情绪十分高涨。

“早上好，丽莎！”一看到立在窗口的丽莎，莎莉便开始叫道。

丽莎略带嫉妒地看着她。

“早上好！”她很快回答道。

“我正准备去‘红狮’酒馆与哈里碰面。”

“你们什么时候出发？”

“马车八点半整上路。”

“那你干吗这么早过去，现在才八点啊，教堂才刚刚撞钟呢。哈里不会那么早去的，不是吗？”

“哦，我知道现在还早，但我实在等不及了。我今天早上五点就起床，六点半的时候便已准备好了。”

“五点就起床了！你都做了些什么啊？”

“打扮打扮，弄弄头发。我很早就醒了。我一整个晚上都梦着这事儿，就是睡不着。”

“哦，你可真是搞笑啊！”丽莎说道。

“拜托，我又不是每天都这么疯疯癫癫的！哦，我真的很希望自己能玩得开心点儿。”

“你恐怕连你自己是谁都快忘了吧！”丽莎的口气有些故意为难她。

“丽莎，你难道就一点儿也不想来吗？”莎莉问。

“不！我是可以去，但我一点儿也不想去。”

“你的脾气可真倔——我只能这么说。不过如果换做是我，我可不会错过这种机会。”

“好吧，一切都已成定局。我再也没有这种机会了。”丽莎说这话时，声音里略带着一丝遗憾。

“丽莎，来‘红狮’那儿为我们送别吧。”莎莉说。

“不，我才不会那么做。”丽莎友好地回答道。

“你还是跟我一起去吧。哈里不会那么早去，你可以在那里陪着我，直到他来。并且，你也能看看那些拉车的马。”

丽莎确实很想去看看那马车以及将要去游玩的人们，但她却犹豫了好长一会儿。莎莉于是又问了一次，这时，丽莎回答说：

“好吧，我和你一起去，直到你们出发了，我再回来。”

她没有再去拿帽子之类的东西，直接就走出门来，与莎莉一起向远征队员们集合的酒馆走去。

尽管距出发时间还有近半个小时，那马车却已驶到了大街上；这车又大又长，座位是贯穿的，使得每排座位能坐下四人。马车由两匹健壮的马拖着，马夫正在检查马具是否配备妥帖。莎莉并不是第一个来到酒吧门前的人，之前已有六七个人在此等候了，然而哈里却还没有来。两个女孩站在酒吧门口，看着人们做准备。大筐大筐装满食物的篮子被抬上马车，人们还把装满啤酒的酒箱放到每一个可能的空隙里——座位底下，车夫的腿下，甚至是马车的下面。随着越来越多的人开始到场，莎莉开始为哈里还未出现而感到焦虑。

“我说，真希望他已经到了！”她说，“现在已经很晚了。”

说完，她抬头看着威斯敏斯特桥大街，盼望着他能出现在自己的视野里。

“他不来了吗！害我等这么久，看等他来了我怎么教训他！”

“你干嘛这样着急，还有十五分钟呢。”丽莎心情平静地回复道。

最终，莎莉总算看到了她的爱人，于是便箭步上前去迎接他。剩下丽莎一人孤零零地站在那里，很不高兴地注视着眼前的喧嚣及人们正在做的准备工作。她并没有对拒绝汤姆的邀请而感到难过，然而她却希望自己当时能没有心理障碍地接受这份邀请。莎莉和她的爱人会合后，开始朝丽莎走来：哈里穿着最隆重的周日礼服，他与他的心上人真的很般配——他穿着衬衫，打着领带，都是些难得的奢侈装扮。而在他的胳膊下，还夹着一个六角手风琴，以供路上娱乐之用。

“丽莎，你不和我们一起去吗？”看到并没有戴帽子，并且还系着围裙的丽莎，哈里诧异地问道。

“不，”莎莉说，“你说她傻不傻？汤姆说要带她去，可她竟拒绝了。”

“哦，这可真是……”

接下来，他们上了马车，并坐到自己的位置上，这样，丽莎又回到了一个人的状态。人们开始相继到达，马车上也几乎快要坐满了人。这些人丽莎都认识，然而此刻，他们正忙着在马车上安顿自己，没空与丽莎谈话。终于，汤姆来了。看到丽莎站在那里，汤姆便向她走来。

“丽莎，你改变注意了吗？你打算和我们一起去了吗？”

“没有，汤姆，我告诉过你我不会去的——那样很不对。”她感到，自己必须常对自己重复这些话才行。

“如果你不去，我也玩不开心的。”他说。

“哦，那我也帮不了你！”她有些不悦地回答。

这时，她看到一个手里拿着小号的男人从酒吧里走了出来。她开始动心了：因为她最喜欢的就是在轻柔的嘟嘟号声中乘着马车出行。她切实地感觉到在所有人都出去游玩时，她却必须待在家里，这的确是件让人不好受的事。并且，那些人都是那样快乐，她甚至都能想象到他们在车上及野餐时的欢乐场景。她几乎都想要哭了。但她却不能去，也不会去。在小号手吹响预备的号声时，丽莎在心里默默地重复了这句话两次。

又有两个人匆匆往他们的方向赶来，再近一些时，丽莎认出那是吉姆·布莱克斯通与一个女人——她猜那就是他的妻子了。

“丽莎，你也去吗？”他对她说道。

“不，”她回答说，“我还不知道你也要去。”

“真希望你也去，”他回应道，“这样我们便可以一起做游戏了。”

她好不容易才忍住了呜咽；她也多么希望自己能去啊！让自己置身事外确实是件难过的事，而这一切竟只是因为她不会与汤姆结婚！最终，她也不明白为什么这会成为阻止自己玩乐的理由——真的完全没有必要因此而为难自己。她开始觉得，自己先前是否表现得太过愚蠢。她拒绝与汤姆同行，并不会给任何人带来好处；也不会有人认为她放弃自己的快乐有什么特别的好处。莎莉一定也觉得她是个傻蛋。

汤姆默默地站在她身旁，看起来绝望又不幸。而吉姆则低声对她说：

“你不一起去，这真是件遗憾的事！”

她再也忍受不了了。她确实很想去，她确实再也抵挡不了这诱惑了。如果汤姆再一次邀请她，抑或她自己能够通情达理、大方得体地改变主意，她就会接受他的邀请。然而汤姆却只是默默地站着，丽莎只好先开口了。这的确让她有些难堪。

“你知道，汤姆，”她说，“我并不想破坏你的一天。”

“哦，我觉得我不该独自去游玩，那样的话总让人觉得时间过得特别慢。”

如果他不再邀请她了，她该怎么办？她抬起头来看了看酒吧前方的钟，并注意到再过五分钟便到八点半了。如果马车出发了，而他也没再问她，那该是件多么可怕的事！她的心此刻怦怦地跳着，焦急之中，她开始笨拙地拉扯自己的围裙角。

“哦，我该怎么办呢，亲爱的汤姆？”

“当然是和我一起去游玩啦。哦，丽莎，你一定要答应！”

她再一次接到了邀请，现在，只需要一点儿做做样子的犹豫，事情就解决了。

“我也乐意去，汤姆，”她说，“但你不觉得这样有些不合适吗？”

“当然合适，这当然合适。走吧，丽莎！”情急之下，他竟握紧了丽莎的手。

“哦，”她低头说道，“如果这毁了你的一天……”

“如果你不去，我也不会去的——说真的，我不会自己去的！”他回应道。

“哦，即使我去了，也并不意味着我是去陪你的。”

“对，这并不意味着所有你不喜欢的东西。”

“好吧。”她说。

“那你这是同意了？”他感到有些难以置信。

“是的！”她微笑着回答道。

“你真是个好人，丽莎！哈里，丽莎也要跟我们一起去了！”他叫道。

“丽莎吗？天哪！”哈里叫道。

“丽莎，这是真的吗？”莎莉叫道。

丽莎非常愉悦而又轻快地回答：

“是的！”

“哦耶！”莎莉大叫一声，回应她道。

“这就对了，丽莎。”吉姆叫道，并且，当丽莎转头看着他时，他的整个脸上都堆满了笑容。

“这里刚好还有你们两人的位置。”哈里一边说着，一边用手指着自己旁边的空位。

“很好！”汤姆回答说。

“我还得马上回去拿顶帽子，再跟妈妈说一声。”丽莎说。

“还有三分钟了，赶快！”汤姆看着丽莎一路狂奔的身影回应道。同时，他又向车夫叫道：“老兄，还有一位乘客马上就来。”

“好的，老弟，”车夫回答说，“不急。”

丽莎冲入家中，叫醒了仍在沉睡中的母亲。

“妈妈，妈妈，我要去清福德了！”

接着，她脱掉自己的旧衣服，换上了那身紫色的漂亮衣裙，踢掉了脚上的旧鞋子，然后穿上一双新靴子。她梳理了一下头发，并很快地绾了一个结——幸运的是，那头发仍然保持着上个周六那卷曲的样子。最后，她戴上自己那铺满羽毛的黑色帽子，急匆匆地穿过大街，登上马车，倒在汤姆的腿上直喘气。

车夫于是开始挥舞他的长鞭，号手也吹响了他的小号，伴随着乘客们的尖叫与欢呼声，马车开始哐当哐当地前进了。

第五章

一等到恢复过来，丽莎便开始观察起车上的乘客。而首先落入她眼帘的便是吉姆·布莱克斯通旁边的那女人。

“这是我的妻子！”吉姆用拇指指着那女人介绍说。

“你好像不怎么上街,对吧？”丽莎说道,想要和他们熟识起来。

“是的,”布莱克斯通太太回答道,“我最小的一个孩子得了麻疹，所以我班都不上了，天天守着他。”

“哦，他现在好些了吗？”

“是的，他慢慢在好转了，今天吉姆想去清福德，然后他对我说：‘你也一起去清福德吧，这对你会有好处的。’并且他还说：‘你可以让波利——你知道，她是我们最大的一个孩子——照看那些孩子们。’所以我说：‘好吧，我也不介意出去玩一天。’”

布莱克斯通太太说这些话时，丽莎一直在盯着她看。首先，她注意到了她的衣着打扮：她穿着一件黑色披风，戴着一顶有趣的老式黑色宽边软帽。接着，她仔细地观察了眼前这女人：中等个子，稍显肥胖，年龄在三十至四十岁的样子。她有一张又大又圆的脸以及一个大大的嘴巴，头发梳理得很是奇特，从中间分开来，并且还编着一些小辫子。不难看出，这是个强大的女人，当然，也很容易看出，她一定经历了很多辛苦的劳作，也养育了不少孩子。

丽莎认识这车上其他所有的人，现在，大家都已坐定，并已从出发的兴奋与喜悦中平静下来，开始有时间彼此问候了。大家都为有丽莎的陪伴而感到高兴，因为只要有她在的地方，就一定有欢乐。起初，她的注意力都集中在一个年轻的叫卖小贩身上，这人身着传统服饰——灰套装，紧身裤，以及大量亮光闪闪的扣子。

“啊，比尔！”她冲他叫道。

“啊，丽莎！”他也回应道。

“你今天可真帅，你会把所有人都比下去的。”

“喂，丽莎·坎普，”他的女伴揶揄道，“你最好离约翰尼远点儿。你要是敢跟他拉拉扯扯的，我就给你颜色看。”

“好了，克拉里·夏普，我不需要他，”丽莎回答道，“我有自己的伴呢，他可比约翰尼强多了——汤姆，我说得没错吧？”

汤姆感到很高兴，但却找不出任何机敏的回答，于是只得美滋滋地用肘部碰了一下丽莎。

“哦，我说，”丽莎一边用手抱住肋部，一边说道，“小心点儿，你会碰坏我的肋骨的。”

“你担心的不是你的肋骨，”一个率直的朋友叫道，“你担心的是做裙撑的鲸骨吧。”

“该死的！”

“你的裙子里装鲸骨了吗？”汤姆假装天真地伸手到她腰上去感觉。

“不要这样，”她说，“把你的手拿开！”

“哦，我只是想摸摸看你衣服上是否有鲸骨。”

“该死的，别跟我耍滑头。”

他仍是把手放在她腰上。

“现在，”她重复道，“把你的手拿开。如果你再碰我那里，你就必须娶我。”

“丽莎，那正是我想要做的事啊！”

“闭嘴！”她恶狠狠地回答道，并将他的手从自己腰上移开。

马车一路向前疾驰着，后座那男人也开始精神饱满地吹起了小号。

“别吹炸了，老大！”在他吹出一个特别不和谐的音之后，一位乘客这么说道。他们一路往东驶去，随着时间的流逝，街上的人越来越多，交通也是越来越拥挤。最终，他们踏上了去清福德的路，路上还遇到了许多去往相同目的地的车辆——有驴车、小马车、商用车、狗拉车、拖车、四轮马车等，几乎涵盖了当时所有的车型，并且里面几乎都坐满了人，可怜的瘦驴拖着四个肥硕的纳税人的也有，两匹壮马轻松地拖着几十个人的也有。这些车彼此擦身而过时，车内的人都会冲着对方欢呼，而“红狮”马车内的乘客往往是最喧哗的。随着时间的推移,太阳变得越来越毒辣，路上的尘埃似乎越来越多，地上冒出来的热气也是越来越明显。

“我快要热死了！”很多人都这样叫道，大家都开始气喘吁吁并不停冒汗。

女士们脱掉了她们的披肩及斗篷，男人们也学她们脱掉自己的大衣，单穿着衬衫坐着。接踵而来的便是些格调不太积极向上的相互间关于每个人该脱什么衣服的打趣——这说明正派老实的英国人对法国闹剧那些暗示性的语言也并不是想象中那么陌生。

终于，他们走到了半道上供马儿休憩、清洁的地方。在之前四分之一英里的路上，人们一直在谈论这家中途客栈，直到人们看到它出现在一个小山顶上时，不禁爆发出一阵欢呼，一些很是口渴的年轻人甚至唱起了国歌以示庆祝。而有的人则哼起了不同的调子：“啤酒，光荣的啤酒！”在酒吧门前，人们鱼贯而入，所有人都以自己最快的速度冲下车。酒吧被“包围”了，酒馆的侍者和女仆们开始快速而忙碌地将酒递给门外那群早已迫不及待的客人们。

柯瑞东和菲丽思的田园诗[1]

殷勤，就要求忠实的情郎和多情的女子要从同一个罐子里共饮甘露。

“你也快来喝一点儿吧。”柯瑞东一边说着，一边礼貌地将手里的酒递给了自己的爱人。

菲丽思没有回答，但却接过酒来喝了一大口。她的情郎在一旁焦虑地看着。

“哦，给我留一口喝！”他看着酒罐越举越高，里面的酒也越来越少时，突然说道。

这时，那多情的牧羊女停了下来，将酒递给了自己的爱人。

“哦，天哪！”柯瑞东看着那酒说道，“我看你真能喝。”接着，他谦和优雅地将酒杯置于自己唇边，咬上了他的爱人刚刚碰过的地方，将那一品脱酒一饮而尽。

“哎呀！”那牧羊女评论道，咂了咂嘴，说道，“这可真够味！”然后伸出舌头舔了舔自己的嘴唇，并深深地吸了口气。

那忠实的情郎喝完后，深深叹了口气，并说道：

“哦，我还能再喝一些！”

---

① 柯瑞东和菲丽思是古罗马诗人维吉尔所做诗歌《牧歌》中的一对情侣。

“要是那样的话，我也可以再喝一口！”

这殷勤的情郎受到鼓励，于是又回到吧台，很快拿到了他们的第二品脱酒。

“你先喝吧。”菲丽思含情脉脉地对自己的爱人说道。于是，柯瑞东使劲儿地喝了一大口之后，又把那酒递给菲丽思。

她拿出了未婚女子的那份谨慎，将酒罐旋转了一下再喝——并没有碰到柯瑞东先前所喝的位置。看到这里，柯瑞东评论道：

“你真是太特别了！”

接下来，为了不使他难过，菲丽思又把罐子转回至原来的位置，将自己的红唇放到了他先前喝过的地方。

“这样就好了！”她一边将酒罐递还给他，一边说。

然后，那忠实的情郎从口袋里拿出一只短短的陶土烟斗，往里面填满烟叶后，便开始抽起来；这时，菲丽思正在回味冰凉的液体顺着喉管流进胃里的愉悦感觉。接着，柯瑞东吐了一口痰，他的爱人立即说道：

“我能吐得比你远。”

“我敢打赌，你肯定不能。”

她试了一次，并且成功了。他开始集中起注意力，又吐了一次，比先前的位置都要远。菲丽思也跟着又吐了一次，他们就这样简单地取乐，直到号声响起，提醒他们，该继续上路了。

最后的最后，他们总算到了清福德，马车被拖到了一个阴凉处——待会儿他们也将在这里用餐。大家都觉得特别饿，然而却还没到饭点，于是大伙儿四散开来，开始喝东西。丽莎和汤姆跟莎莉及她那年轻的情人一起去了最近的酒吧，在大家喝起啤酒时，运动能手哈里生动地为大家讲述了上周六晚上去看的一场职业拳击赛。这是一场特别让人难忘的比赛，因为这天晚上，一名参赛选手因为受伤太严重而去世了。这无疑是个精彩的故事，并且，哈里还说，那天晚上还来了几个来自伦敦西区有头有脸的人物，哈里提到，他们试图偷偷溜进赛场，然而却不幸被发现，于是有人大叫"警察来了"，他们也因此着实受到了惊吓——哈里认为，那几个所谓大人物真是可笑。接着，汤姆开始和他讨论拳击——害羞而又不是很有主见的汤姆在哈里面前的表现真是糟糕透顶。在那之后，他们回到了马车停靠的地方，发现人们已为午餐做好准备了：一筐筐装着食物的篮子已被掏空，里面的食物都已摆了出来，而那些泡沫丰富的啤酒更是使得本已口渴的人们更加干渴了。

"过来吧，女士们，先生们——如果你们真是绅士，"那马车夫叫道，"我们现在就要开始喂牲口了！"

"去你的！"有人回应道，"我们可不是动物，我们可不是喝水的。"

"你太聪明了，"那马车夫评论道，"我能看出来，你一定刚从寄宿学校毕业。"

鉴于先前说话那人是个样貌看起来显老的女士，这评论无疑显得辛辣无比。另有个男人优雅地吹响了自己的号角，丽莎于是对他叫道：

“别吹了！你肯定会吹爆掉——我敢肯定，如果那样，你会毁了我吃饭的兴致！”

接下来，大家便开始用午餐了。猪肉馅饼、干腊肠、香肠、冷土豆、煮得很老的鸡蛋、冷的腌猪肉、小牛肉、火腿、蟹和虾，乳酪、黄油、牛油布丁以及糖饴，还有醋栗挞、樱桃挞、面包，然后又是黄油，更多的香肠和猪肉馅饼！他们就像是一群觅食的野兽般扑向了那些食物，冷淡、安静而又认真地开始吃午餐，他们大口大口地吃食，常常未经咀嚼便已吞入胃里。要是有聪明的外国人看到他们此刻的吃相，或许立刻便能明白英国为什么会成为一个伟大的国家。他也明白，为什么英国人永远、永远也不可能成为奴隶。他们一刻不停地吃着——除了停下来喝酒，而每一次拿起酒杯，他们也总是一饮而尽；相互间没有任何问候！他们又继续吃喝着，然而就像一切事情终究都会有个尽头那样，他们最后总算是停了下来，他们两人和另外三十个人喉咙里都发出了满足的长叹。

然后，聚餐散场，人们一对对地四散开来。哈里和他的爱人去了丛林里幽僻的小道，这样，他们便能尽情地互诉衷肠并消化他们的午餐。汤姆一个早上都在等着这一幸福时刻的来临，他盼望着丽莎在酒足饭饱之后能够一改平日的冷淡，他任由自己的思绪在无尽的幻想中驰骋：他幻想着自己坐在草地里，背靠着一棵枝叶繁茂的栗子树，手就放在丽莎的腰间，而丽莎则柔情似水地将头倚靠在自己那充满阳刚之气的胸膛上。丽莎也预见到了午餐后人们会一对对地分开，因此正在绞尽脑汁地搜索应对策略。

“我不喜欢别人对我示爱，”她说，“那些亲吻和拥抱都让我觉得很恶心！”

她完全不知道自己为什么会对汤姆的爱抚感到厌恶，然而那却切实地引起了她的讨厌及愤怒。然而幸运的是，那备受祝福的机制——婚姻，竟成为了她的拯救者：因为吉姆和他的妻子并不是很想单独地度过那个下午，在看到了他们二人间的一丝尴尬后，丽莎提议大家一起去森林里走走。

吉姆立刻便高兴地同意了，然而汤姆却感到特别失望。他没有勇气再说什么，只是盯着布莱克斯通。而吉姆只是友好地冲着他笑，这让汤姆感到很不愉快。接着，他们便开始往丛林中走去。吉姆总是试着要和丽莎走到一起，而丽莎也毫不抗拒，因为她终于得出结论：尽管吉姆长得“一脸坏相”，但却并不是个“坏家伙”。但汤姆一直紧跟着他们：当吉姆放快脚步想要跟上前面的丽莎时，汤姆也会毫不犹豫地放快脚步，而不想被丢在后面的布莱克斯通太太也是不得不一路小跑起来。吉姆甚至试图将汤姆排除在他和丽莎的谈话之外，让汤姆觉得受了冷落，然而汤姆却总是会以冒犯及愠怒的评论插进来——仅仅是为了让其他的人都感到不自在。终于，丽莎开始为此而生他的气了。

“你今天是不是吃错药了？”她对他说。

“你说同意跟我一起来的时候，就没有注意到这点吗？”他特意强调了“我”字。

丽莎耸了耸肩。

“你让我感到很难堪，”她说，“如果你想要犯傻，你可以去别的地方那样做。”

“我看你是希望我立即离开了。”他生气地说道。

“我可没那么说。”

“好吧，丽莎，我也不想留在不受欢迎的地方。”于是，他转身便走了，穿过林下那些灌木丛，一直往森林深处走去。

他一边走着，一边觉得自己特别不幸，每每想起丽莎，他的喉咙便是一阵哽咽：她太不友善，太不领情，他真希望自己没来清福德。她完全可以和他一起散步，而不是和布莱克斯通那个野兽；她从来不肯为他做任何事。他恨她，但同时，他也是个可怜的为情所困之人，于是又开始觉得，自己这样似乎太苛刻了些，太容易气恼了些。于是接下来，他又开始觉得，要是自己什么也没说，那该多好；他开始急切地想要见到她，并为刚才的一切做出补偿。他开始朝着清福德的方向往回走，希望可以很快见到她。

而丽莎这边，当汤姆转身离开时，她多少感到有些吃惊。

“他这是在做什么？”她说。

“为什么，他在嫉妒呀！”吉姆笑着回答道。

“汤姆在嫉妒？”

“是啊，他在嫉妒我。”

“哦，他没有理由嫉妒任何人——一定不是那样的！”丽莎说道，随后也一直在谈论着汤姆，他是如何地想要娶她，她又是如何地不想嫁给他，她同意和他一起来清福德，也是在能够完全保有自己的自由之基础上的。吉姆很是体谅地听着，但他的妻子却丝毫没留心她在说什么，她无疑正任由自己的思绪沉浸在家务事及家庭里。

当他们回到清福德时，发现汤姆正独自站在那里看着他们。丽莎被他脸上痛苦的表情打动了，她觉得自己似乎对他过于残忍，于是离开布莱克斯通夫妇，径直向汤姆走去。

“我说，汤姆，”她说道，“不要生气了，你知道我不是那个意思。”

汤姆也是装了一肚子的道歉之词。

“你知道，汤姆，”丽莎接着说道，“我非常性急，我为刚刚说的话表示道歉。”

“哦，丽莎，你真是太好了！你真的没有生我的气吗？”

“我？没有，你才是有资格生气的人。”

“丽莎，你真是个好人！”

“你没有生我的气吗？”

“丽莎，我永远也不会生你的气，我敢这么说，”他回答道，脸上也放出了光芒，“我们一起去喝杯茶吧，然后，我们还可以一起去骑驴。”

骑驴一事玩得十分尽兴。一开始，丽莎有些害怕，因此汤姆便一直步行着护送她，当那动物开始小跑起来时，丽莎爆发出一阵尖叫，而当汤姆感到丽莎将手放到了自己肩上，并对他叫道“哦，抓住我，我要掉下来了！”之时，汤姆觉得自己在一生中还从未如此幸福过。其他人也加入进来了，并建议大家来进行一场比赛。但在第一轮中，当那驴子真的开始跑起来时，丽莎却跌落到汤姆的怀里，而那驴子则径自奔走了。

“我知道我该怎么骑了，”她在跑掉的驴子被追回来之后说，“我跨着骑。”

“我的天！”莎莉说，“你穿着衬裙怎么行？”

“行，怎么不行，我偏要跨着骑！”

这回换了一头装着给男人骑的鞍子的驴子，她翘起腿，得意洋洋地踏进两侧的铁蹬，在鞍子上坐下了。丽莎看上去一点儿也不谦虚，也不害羞；骑跨在鞍上她感到十分自在。

“这回我一定行，汤姆，”她说，“你也去弄头驴子来，跟我们比试比试。”

这场比赛也完全就是一场骚乱。丽莎使出浑身力量来踢打她的驴，一边还不住地尖叫大笑，最终赢下了这场比赛，并且领先其他对手很长一段距离。这场比赛之后，大家感到又热又渴，于是便跑到酒吧去喝酒休憩，讨论着赛驴场的事情。

在他们喝得差不多了之后，丽莎、莎莉和她们的崇拜者及布莱克斯通夫妇一起走出酒吧，准备去寻找其他的乐子，他们很快便被扔椰子的游戏吸引住了。

“哦，让我们来扔椰子吧！”丽莎兴奋地叫道，就这样，那些不幸的男子们不得不开始准备铜币，以供莎莉及丽莎用以投掷——而更让人难过的是，她俩的投掷技术不是一般的可笑。

“这看起来很简单，”丽莎捋了捋头发，说道，“但我却总是击不中那些椰子。汤姆，你来试试吧。”

他和哈里的技术都不怎么样，然而吉姆却打下了三个椰子，看得出为他们提供这游戏的老板都开始担心起来。

“你真是太棒了。”丽莎很是赞赏地说道。

他们试图让布莱克斯通太太也来试试运气，然而她却坚决地拒绝了。

“我才不会干这些蠢事。在我看来，这完全就是在浪费钱。”她说。

“别这样，现在别说这些破坏气氛的话，”她的丈夫评论道，“我们去吃椰子吧。”

每一对都分到了一个椰子，当女士们喝完了椰汁之后，又将椰肉切下，准备再用作晚餐或茶点时的补充品。过了一会儿，大家便开始用晚餐，又是香肠、煮鸡蛋、干腊肠以及无数的啤酒。

“我不知道自己究竟喝了多少啤酒——我已经喝晕了。”丽莎说。众人爆发出一阵大笑。

饭后，他们还剩下一个小时才返程，这时，那六角手风琴总算派上了用场。大家坐在草坪上，听着哈里先拉了一首独奏曲。接着，有人提议大家来唱唱歌，吉姆于是起身唱起了那首古老的《啊，金色的小伙子，啊！》。在这些人面前根本没必要忸怩，丽莎也自告奋勇地为大家献上了一首流行的滑稽歌曲。接下来又是手风琴表演，然后又有人提议谁来唱首歌。丽莎转向了在自己身旁默默坐着的汤姆。

“老兄，你来给我们唱一首吧。”她说。

“我不行，”他回答道，“我不是唱歌的料。”这时，布莱克斯通站起身来，表示自己可以再来一首。

“汤姆真是个脓包，”丽莎心想，“完全不像布莱克斯通那个家伙。”

随后，他们又在启程回家前去酒吧最后喝了几杯，等到号角响起之后，一行人才开始摇摇晃晃地往马车停靠的方向走去。

丽莎一边摇晃着前行，一边说道：“哦，我想我可能喝得太多了。”

车夫因为酒精的作用而感到无比忧郁，他坐在驾车的位子上，手握缰绳，耷拉着脑袋，几乎快要靠到自己胸前。他正在哀伤地缅怀自己的青春岁月，懊悔自己当初没能做得更好。

丽莎完全不屑这类崇高的感情，她伸出拳头敲了一下车夫的帽子，帽子被敲下去遮住了车夫的眼睛。

“老家伙，”她说道，“你干吗把脸拉得跟风筝一样长啊？”

他转过身来，对她进行了还击。

“你才是老家伙！”他说。

“布丁脸！”她叫道。

“风筝脸！”

“斗鸡眼！”

她非常兴奋，一边笑一边唱，引起了一阵喧嚣。她一边乐着，一边和汤姆交换了帽子，而看到汤姆戴上自己的羽毛帽子之后，她尖声狂笑起来。当车子开动的时候，大家唱起《因为他是一个大好人》，这个夜晚回荡着满满的嘈杂喧嚣之音。

丽莎、汤姆和布莱克斯通夫妇坐在同一排的位置上，丽莎就那样坐在两位男士之间。汤姆感到无比愉悦，希望那车永远都不要停下来。渐渐地，随着马车渐行渐远，大家也安静了下来，歌声停止了，人们说话的声音也低了好多。有的人睡着了；而莎莉和她的爱人此时正依偎在一起，也是昏昏欲睡。这是个非常美丽的夜晚，天空依旧是很蓝，很黑，布满了无数闪耀的明星。这个晚上，丽莎抬头望着那天空，突然产生了某种特别的情感，觉得自己突然希望靠在谁的怀里，或是能够体会某个强壮的男人的爱抚，并且，这感觉也愈加强烈起来。她没再说话，同排的另外三人也是默默无言。接着，她渐渐感觉到汤姆的手悄悄地围上了自己的腰间，他的动作非常小心，感觉像是有些害怕的样子；这一次，丽莎和汤姆都觉得非常开心。然而突然，她身体的另一边也有了动静，她感到有只手正在自己的腿上摸索，还有人握住了她的手，温柔地攥着——是吉姆·布莱克斯通！她吃了一惊，随即浑身一阵颤抖。汤姆注意到了她的异常反应，于是轻声低语道：

“丽莎，你看起来好像很冷的样子。”

“不，汤姆，我没有，刚刚只是有些战栗而已。”

他的手在丽莎的腰上一阵收紧，同时，大手握住了她的小手。而丽莎就那么一动不动地坐着，直到他们到达威斯敏斯特桥大街上的“红狮”酒馆。这期间，汤姆自忖道：“我相信她还是喜欢我的。”

到达后，大家互道晚安，莎莉、丽莎及她们的崇拜者以及布莱克斯通夫妇一行人开始准备回家。然而在维尔街的转角处，哈里却对汤姆和布莱克斯通说道：

“我说，兄弟们，让我们在酒吧打烊前再去喝几杯吧。”

“我倒不介意，”汤姆说，“等我们把女士们送回家就去吧。”

“那样我们就来不及了，现在就快要到打烊时间了。”哈里回答说。

“哦，我们可不能把她们扔在这里。”

“你们当然可以的，”莎莉说，“没有人会跟我们一起跑掉的。”

汤姆本不想和丽莎分开，然而丽莎却先开口了：

“汤姆，去吧。莎莉和我可以一起回家，你们没多少时间了。”

“是的，晚安吧，哈里。”莎莉最后说道，想要为这一争议做个了结。

“晚安，我的姑娘，”他回答道，“让我们再来亲一口吧。”

莎莉并没有抗拒，而是将脸凑过去，任由哈里在她的左右两颊上留下了两个重重的吻。

“晚安，汤姆。”丽莎说着，伸出了自己的手。

“晚安，丽莎。”汤姆虽然这么说了，然而却仍是一脸渴望地望着丽莎。

她明白了他的意思，于是微笑着将脸凑了过去。他弯下身来，将丽莎揽入怀中，满是激情地亲吻了她。

“丽莎，你吻得真甜。”他的这一评论惹来了众人的一阵哄笑。

“谢谢你带我去清福德，老朋友。”大家开始分别时，丽莎对汤姆说道。

“很好，丽莎，”他回答道，随即又补充道——不过似乎更像是在自言自语，“上帝保佑。”

看到吉姆仍是同他的妻子走在一起，似乎并没有加入他和汤姆的行列的意思，哈里便问他：“哦，布莱克斯通，你要跟我们一起去吗？”

“不去了，”他回答说，“我要回家去了，明天早上我五点就得起床。”

“真不够意思！”哈里愤慨地说道，随即便与汤姆一起去酒吧了，其他人则继续沿着那沉睡的街道往前走。

莎莉先到家，于是她便与剩下的人告别了；接下来是布莱克斯通夫妇的家，丽莎在这里与他们夫妇简单聊了几句，在互道晚安后开始继续往前走。她独自一人走在这极其安静的街上，远处的灯杆所投射过来的微光只是更加显现了她的孤独。此时的街道与白日里大为不同——白日里这里总是挤满了人，然而现在，除了她自己以外，这条街上既没有声音，也没有人影，丽莎感到有些震惊。此刻，在她眼中，路两旁的房屋，路面平整的人行道以及笔直的水泥公路仿佛是一片不毛之地，就像这里的所有人都已死去，或是这里刚刚经受过一场大火的肆虐，才导致了现在的荒无人烟。突然，她听见了一阵脚步声，并吃惊地回头看。在她身后，有个男人正急匆匆赶来，不一会儿，她便认出那人正是吉姆。他跟她打招呼，并低声叫道：“丽莎。”

丽莎于是停下来等他。

“你怎么又出来了？”她说。

“丽莎，我是来向你道晚安的。”他回答道。

“但是你之前不是已经说过了吗！”

“准确地说，我是想要再说一次。”

“你的妻子在哪儿？”

“哦，她回家了。我告诉她，我有些口渴，还想出来喝几杯。”

“但她总会知道你并没去酒吧的。”

“不，她不会知道的。她会径直上楼去看孩子。丽莎，我只是想要单独见你。”

“为什么？”

他没有回答，但试图拉住她的手。然而丽莎却迅速缩回了手。之后，他们便一直默默地往前走，来到了丽莎家的房门前。

“晚安！”丽莎说道。

“丽莎，我们再走走好吗？”

“小心别被旁人听见了。”她低语道。至于自己为什么要这样，她也不知道。

“可以吗？”他又一次问道。

“不——你明天不是五点就得起床吗？”

“哦，我只是不想和他们去酒吧才那么说的。”

“那么，你就是为了和我一起才这么说吗？”丽莎问道。

“是的！”

“不，我不会去的。晚安。”

“好吧，那么甜蜜地道晚安吧。”

“你这是什么意思？”

“汤姆说你吻得真甜。”

她默默地看着吉姆。很快，他便伸出手来抱住她，几乎将她抬离地面，然后开始亲吻她。但丽莎却将头扭开了。

“丽莎，把嘴靠过来吧，”吉姆低语道，“把嘴靠过来吧。”

他扭过丽莎的脸，亲吻了她的嘴——而她也没再反抗。

最终，她挣开了他，溜回自己家里。

第 六 章

第二天一早，在去工厂的路上，丽莎碰到了莎莉。她们都因为前一天的出游而显得疲惫不堪。她们的刘海很不整齐，脑后的头发也是随意地扎着，耷拉在脖子上，随时都有散掉的危险。丽莎还没来得及戴帽子，只是将其拿在手上。莎莉的帽子用别针别着，歪在头上，但她得时不时地把它往头上揿牢，免得它掉下来。即使是灰姑娘，也没有她们这样大的昼夜反差。再说了，人家灰姑娘即使穿着破旧的衣服，却也仍然是很整洁的——不会像莎莉那样，裙子上破了一个大口子；也不会像丽莎一样，让袜子露到了靴子以外。

“嗨，我的朋友！”丽莎在赶上莎莉后对她说道。

“哦，我今天早上头疼得厉害极了！”她评论道。丽莎看见了她一脸苍白憔悴的样子。

“我也没觉得自己今天有多么快活。”丽莎满是同情地说道。

在一阵疼痛袭过脑海之后，莎莉说：“我真希望昨天没有喝那么多啤酒。”

“哦，你很快就会好起来的。”丽莎说。这时，她们听见教堂的大钟敲了八下，于是双双加快脚步，以便能赶上签到的点并保住这日的薪水。她们转了一个弯，只要继续向前，就能到达工厂了；这时，她们看到还有好几十个女人也像她们一样，在进行着最后冲刺。

整个上午，丽莎都在那里半死不活地工作着，她的头重得跟铅一样沉，只要一挪动，就感觉跟受到电击一般，舌头和嘴也是又热又干。等啊等，终于熬到了午餐时分。

“走吧，莎莉，”丽莎说，“我要去喝点儿苦啤酒。我再也受不了了。”

就这样，她们来到了工厂对面的酒馆，一口气喝完了点的酒。之后，丽莎如释重负般地叹了口气。

“这下你也有精神了吧？”

“我刚才真口渴！丽莎，我还没告诉你呢。哈里昨晚总算提出那事儿了。”

“你这是什么意思？”

“什么意思，就是哈里总算说出口了啊。”

“你是说他叫你定日子吗？”丽莎笑着问道。

“是的。”

“那你同意了吗？”

“我还能拒绝吗！”莎莉回答说，并强调道，“我早就说过，我一定会比你先结婚的。”

“是的！”丽莎若有所思地回答她。

“我说，丽莎，你还是跟汤姆定下来吧，汤姆这人挺不错。”莎莉满脸堆笑地评论道。

“我只会选择我喜欢的人，这是我自己的事情。”

“是的，丽莎，你别生气，我并没有要冒犯你的意思。”

“那你干吗说这些？”

“哦，我看你昨天还是跟他一起去了，便以为你终究还是要跟他在一起的。”

“是他硬要带我去的，我可没那么要求他。”

“哦，我也没有要求我的哈里带我去的呀！”

“我可从没那么说过。”丽莎回应道。

“那你这是在冲我发火咯！”莎莉生气地结束了她们的谈话。

啤酒让丽莎恢复了精神气，当她回去工作时，已不再感到头疼了，除了有一点儿无精打采，她并未为前一日的自我放纵而感到有什么不妥。她一边工作，一边回忆起昨天的一切，脑海里挥之不去的，是吉姆·布莱克斯通那强壮的身影。她想起了他在森林里走在自己身旁的样子，想起了大家一起吃饭时的情形，还有他玩六角手风琴、唱歌、说笑时的样子，以及最后，在大伙儿回家的路上，在汤姆将手绕在她腰间时，伟岸的吉姆以他那大手握着她的小手时的情形。汤姆！终于，汤姆总算出现在了她的回忆里，而在吉姆的映衬下，汤姆的重要性显得是那么的微弱。最终，她想起了回家前的那段路，那美好的夜晚，吉姆赶上她，还有那甜蜜的吻。她突然脸红了，随即很快抬起头来，想要看看是否有其他女孩子在看她。她情不自禁地回想起吉姆将她揽入怀中时的情形，她仍清晰地记得他的胡须碾压在自己唇上时的感觉。她的心似乎也膨胀起来，她仰起头来，仿佛在等待再次迎接他的双唇。当昨晚的一切生动地在她脑海中展现开来时，丽莎不禁浑身一颤。

“丽莎，你为什么在发抖啊？”其中一个女孩问道，“现在又不冷。”

“没什么，”丽莎回答说，也因为被打断的思绪而一阵尴尬脸红，“我也不知道为什么，我感觉自己像是在流汗一样，我可能热得都湿透了。”

“我看你是昨天在森林里着凉了吧。”

“今早来上班时，我看见你的男朋友了。”

丽莎吃了一惊。

“我没有男朋友啊，你这是什么意思？”

“我当然是在说汤姆啊。他看起来好像很沮丧的样子，你昨天都对他做了什么呀？”

“那可不关我的事，肯定不是。”

“接着胡扯吧，我才不相信！”

下班的铃声终于响起，一群女孩子于是蜂拥着冲出工厂，在工厂门口聊过一阵之后，大家开始分道扬镳，各自往自己家走去。而丽莎和莎莉并未因此而分开。

“我说，我们一定要去看那个！”看到在附近的剧院里上演的一出戏的广告之后，莎莉激动地叫道。

“我也想去看看。”和莎莉手挽手站在一起的丽莎看着闪光的广告牌说道。那广告牌上是两间房间和一个过道。其中一间房的地板上躺着一个死去的男子，另有两个人惊恐万分地立在那里，听到过道里一个青年在敲门。

“你看，肯定是他们杀死了他。”莎莉兴奋地说道。

“是的，傻瓜都能看出来！不过外面敲门那人在做什么？”

“那人长得真不错，不是吗？我要让哈里带我去看这场演出，哈里说过要带我去看演出的。”

她们又接着往前走，莎莉到家后，丽莎便独自一人往家的方向走去。她知道一会儿自己将经过吉姆的家门口，于是便寻思着会不会遇上他。然而一边走着，却发现了街对面的汤姆，突然，她竟冲动地转过身来，以避免与他相遇，并且开始沿着之前走过的路往回走。接下来，在意识到自己行为的愚蠢之后，她又一次转身，朝着汤姆走来的方向迎面走去。她不清楚汤姆有没有看见她及她的这一反常动作，但她四下张望时，却发现汤姆已经不见了。他应该没有看到她，并且很显然已经进到哪个房间里看望某位朋友了。她加快了脚步，但在经过吉姆家所在的那栋房子时，却忍不住地朝上张望起来：她看到他站在门口，微笑着望着她。

“我刚没看到你，布莱克斯通先生。”当他冲她走过来时，丽莎开口道。

“没看到吗？哦，我知道你会看到我的，我正在等着你抬头呢。我今天已经见过你了。”

“不会吧，什么时候？”

“在你和另一个女孩一起看一出戏剧的广告时，我从你身边经过了。”

“我没有看到你。”

“是的，我知道你没有看到我。我听到你说：‘我也想去看看。’”

“是的，而且我也确实会去看的。”

“那好，我带你去看吧。”

“你？”

“是的，我。这有什么不可以？”

“我倒是挺乐意，但你的妻子不会说什么吗？”

“她不会知道的。”

"但邻居们会知道的！"

"不，他们也不会知道；没有人会看见我们的。"

他一直很小声地说着，以确保除了丽莎以外，没有人能听见他们的谈话。

"我们可以在剧场内碰面。"他接着说。

"不，我不能和你一起去。你已经是个结了婚的人了。"

"瞎说！这有什么关系——不过就是一起看场演出，这有什么大不了的？再说了，我的妻子即使想去也不能，因为她还要照看孩子。"

"我倒是想去看这出戏。"丽莎若有所思地回应道。

他们一起往前走着，快到丽莎家时，吉姆说道：

"今晚你出来，告诉我你愿不愿意。好吗，丽莎？"

"不，今晚我不出门。"

"这对你又没有什么坏处。我会等你的。"

"那你就慢慢等吧，反正我是不会去的。"

"那么，丽莎，我看就这么办吧，这个戏只演到这周六晚上，不管怎样我都会去那里的。如果你愿意来，我们就六点半的时候在门口碰面，我会在那里等你。好吗？"

"不，我是不会去的。"丽莎坚定地回答说。

"哦，我是一定会等你的。"

"我不会去的，所以你也不用等我。"说完，丽莎跨进自己家里，并狠狠地关上了门。

她的母亲还在外面做零工，丽莎于是开始准备自己的茶水。她觉得单独喝下午茶太没意思，于是，在往茶水里倒入一些炼乳并切下一大块黄油面包后，她拿着这些东西坐到了自家门口。一个女人从楼上下来，看见丽莎后，便在她身边坐下和她一起聊天。

“斯坦利太太，你的头是怎么了？”注意到她的前额上缠着绷带后，丽莎问道。

“我昨天晚上出了点意外。”那女人回答说，同时也紧张地涨红了脸。

“哦，真抱歉！你都对自己做了些什么啊？”

“我摔到煤桶上，碰破了头上的皮。”

“哦，我还没有遇到过这种事。”

“实话告诉你吧，我和我丈夫起了点儿争执。但我不希望这件事传出去，你不会告诉别人，对吧？”

“我可不是那种人！”丽莎回答道，“我还不知道你丈夫是那种人。”

“哦，他清醒的时候确实温顺得像只小羊羔。”斯坦利太太辩解道，“但是，上帝保佑，当他多喝了几杯以后，就完全变成另一个人了。”

“你们结婚还没有多久吧？”丽莎问道。

“没多久，还没有一年半，这很丢脸，对吧？医院的医生就是这么对我说的。我不得不去了趟医院。你不知道当时那血流成什么样子！我的整个脸上都是血，它们就那么一刻不停地流着，就像是破裂的水管。这可真是吓坏了我的丈夫，我对他说：'我会去告你的。'尽管我像屠宰场的猪一样一直流血，我仍像个十足的白痴一样冲他挥着拳头：'听着，我会去告你的，你看看我敢不敢！'他于是求饶说：'不，看在上帝的分上，不要那么做，我会被判三个月监禁的。''你就应该被关起来！'我说。然后我还说要离开他。不过，上帝保佑，我不会去告他的。我知道他不是故意的，他清醒的时候可是特别温柔。"她一边说着，一边充满爱意地笑了。

"那么，你会怎么做？"丽莎问道。

"哦，我告诉你吧，我去医院时，医生对我说：'小姐，你可能受到了很严重的伤害。'而我结婚还不到一年半！在我告诉医生这点后，他直盯着我的眼珠子对我说：'小姐，你喝酒了吗？''喝酒？'我回答说，'没有。我只喝了一点点，那根本算不上喝酒！''注意了！'我说，'我不是个滴酒不沾的人——我不是。我喜欢喝点儿小酒。我离不开酒，想想自己需要做的工作，我必须要有点儿什么东西让自己振作起来。但我不会酗酒！我想说的是，伦敦不会有比我更清醒的女人了。而我的第一任就从不沾酒。啊，我的第一任丈夫，他真的长得挺不错的，真的。'"

她停止了那些重复的叙述，然后对丽莎说：

“他和现在这个一点儿也不同。我的第一个男人是个见过世面的人。他真是个绅士！”她一边说着，一边神色凝重地点点头，以示强调。

“他是个绅士，是个基督徒。他是有过好日子的人，是个受过教育的人，并且二十二年中都滴酒不沾。”

正说着，丽莎的妈妈出现在两人的视线里。

“晚上好，斯坦利太太。”她礼貌地问候道。

“晚上好，坎普太太。”那女士也同样礼貌地回答道。

“我的可怜人啊，你的头怎么了？”丽莎的母亲满是同情地问道。

“哦，这是件残酷的事情。我都不知道该怎么办好了。”

“我说，他真该为如此对你而感到羞耻。”

“哦，坎普太太，最伤人的还不是这伤口，”斯坦利太太回答说，“你不要认为这是最伤人的部分。事实上，他对我讲的话才是最伤人的。我可以像其他女人一样挨几下打。我不介意，若不是他趁我没有反击能力的时候打我，我也能让他好看的。从前，我也常常将我的第一任丈夫打得鼻青脸肿。但现在，他所用的那些语言，他那些骂我的下流话，我的脸都红到脖子根了，真的不习惯听到那样的话。在我的第一个丈夫还在世时，我过的可真是好日子，我从前那位丈夫每周可以挣两三英镑，他就是可以挣到那么多。今天早上，当我对他提起这些时，他说：‘哦，绅士当然会那样讲话，不过我不行。'"

"不管多好的丈夫都有莫名其妙的时候。"坎普太太突然说出一句有哲理的话来，"但不管怎么说，我可不能再待在这晚风里了。"

"你的风湿病还在困扰着你吗？"斯坦利太太问道。

"哦，我一直在受到残忍的折磨。虽然丽莎每晚都会给我擦药按摩，但这病痛还是残忍地折磨着我。"

说着，坎普太太便进屋去了，留下丽莎接着和斯坦利太太聊着。过了一会儿，斯坦利太太也不得不回屋去，于是，门口又只剩下丽莎一人。有那么一段时间，丽莎什么也没想，只是两眼茫然地看着前方，享受着夜晚的凉爽与宁静。但丽莎也没有得到多少独处的时间。没过多久，就有几个男孩拿着板球及板球拍向她走来，选定了她前面的空地作为他们的玩乐场所。脱掉外套后，他们便把衣服堆在"球场"的两头做球门，开始准备比赛了。

"我说，姑娘，"其中一人对丽莎说，"过来一起玩板球吧，有兴趣吗？"

"不了，鲍勃，我有点儿累了。"

"来吧。"

"不，我都说了我不要玩了。"

"她昨天喝酒了，肯定还没有恢复过来。"另一个男孩叫道。

"你这个多嘴多舌的家伙，小心我扇你耳光！"丽莎就这么回复了他。接着，当再一次受到邀请时，她说：

“不要烦我，可以吗？”

“很明显，丽莎今晚身上带刺了。”第三个男孩评论道。

“丽莎，如果我是你，我就不会喝酒。”另一个人满脸嘲弄地补充道，“那可真是个坏习惯。”说完，那孩子便开始一摇一摆，仿佛像是个醉汉那般。

通常来讲，在遇到这种情况时，丽莎一定会冲上前去，让那群孩子见识见识自己的厉害。然而此刻，她感到非常无聊，也为他们破坏了自己的安宁而生气，因此她就让他们继续讲着。几个孩子在发现怎么也激怒不了她之后，也就撇下她，玩起他们的游戏来。她盯着他们看了一会儿，然而思绪却很快飘走了，她又开始不知不觉想起一个魁梧的人来——她又想起吉姆了。

“他真好，还想着要带我去看演出，”她自言自语道，“汤姆就从未想到过这些。”

吉姆说过傍晚时候他会出来的，丽莎想，他应该很快就会出现了。她当然不会跟他一起去剧院，但她还是可以同他聊几句的；她很喜欢受到邀请然后拒绝，她很想再有一次这样的机会。然而他却没有来。他说过他会来的！

“我说，比尔，”她终于开口对临近自己的一个孩子说道，“这附近有个布莱克斯通，你认识他吗？”

“认识啊，我们很熟的。他和我是在同一个地方工作的，不过你怎么突然问起他来？”

“他晚上一般都在做什么呢？我好像从来没在傍晚时分见过他。”

“我也不知道。今天晚上，我看到他去红狮酒馆了。我猜他在那里，不过我也不是很肯定。”

也就是说，他不会来了。当然，她告诉过他，她要待在家里，但他还是应该来的——看看也好。

“如果是汤姆的话，是一定会来的。”她闷闷不乐地对自己说道。

“丽莎！丽莎！”她听到了母亲叫她的声音。

“听见了，马上过来。”丽莎回应道。

“我已经等你半个小时了，是时候帮我擦药按摩了。”

“那你为什么不叫我？”丽莎说。

“我怎么没叫？我一直在叫你，都不知道多久了，我的喉咙都快喊哑了。”

“我没有听到。”

“我看，你是故意不想听到，是吧？就算我因为风湿而死了，你也不会在意的，对吧？我就知道会是那样。”

丽莎并没有回答她，只是打开药瓶，将一些软膏涂在自己手上，然后替母亲按摩那些患有风湿的关节，而那个生病的人却一刻不停地在抱怨，对丽莎所做的任何事都表示不满。

“不要那么用力，丽莎，你会把我的皮给揉下来的。”

然后，当丽莎轻轻地为其按摩时，她又会抱怨道：

“你若是像这样按摩，根本就一点儿效果都不会有。你是想给自己省事吧，我就知道你会这样。在我年轻的时候，可是不怕麻烦的。但是，天哪，你根本就不关心我的风湿病，对吧？”

最终，丽莎终于完成了这件苦差事，然后就在母亲的身旁睡下了。

第 七 章

两天过去了，转眼间就到了周五的早晨。这天，丽莎起得很早，不急不忙地走在上班的路上，但她却没有碰上她的好朋友莎莉，甚至也没有在工厂里看见她。上班的铃响了，女孩子们都进了厂，但莎莉还是没有出现。丽莎不明白这是为什么，心想她可能是被关在外面了。然而正当发出勤牌子的男人关上他窗前的百叶窗时，莎莉气喘吁吁、大汗淋漓地到了。

“天哪，我快要热死了！”她一边说着，一边牵起围裙来擦拭脸上的汗。

“我还以为你不来了呢。”丽莎说道。

“哦，我还是来了，我只是睡过头了而已。我昨天睡得有些晚了。”

“你做什么去了？”

“我和哈里去剧院了。哦，丽莎，那出戏真是太棒了！那可真是我这辈子看过的最好的一出戏。天哪！它简直让我的血液都凝固了：他们竟然在舞台上吊死了一个人，我浑身都紧张得起了鸡皮疙瘩！”

接着，她开始喋喋不休地向丽莎讲述着那一切——那血，那雷，那枪击，火车及杀人凶手，还有炸弹、英雄以及逗乐的人。她激情澎湃、语无伦次地描绘着剧情，还时不时地复述几段对话——当然全是错的——手舞足蹈地比划着，回忆着这一切时满脸通红、激动不已。丽莎听得很不耐烦，觉得莎莉讲的那些细节很是无聊——她完全没兴趣知道得那么详细。

“看你这么兴奋，别人一定会以为你这是平生头一回去剧院。”她说。

“可以说，我从未看过这么精彩的一出戏。我建议你让汤姆带你去看看。”

“我可不想去。再说了，即使我要去，我也会自己买单，自己去的。”

“住口！那样一点儿意思也没有。我和哈里坐在一起，他揽着我的腰，我握着他的手，我可以告诉你，那才叫美呢！”

“哦，我可不喜欢别人碰我，我可不好那个！”

“可是我真心喜欢哈里，你不知道他对我有多好；但我们三周后就会结婚了。哈里说：‘我们领个证吧。’我说不行，我要先在教堂里听见我的结婚预告，有结婚预告的话看起来要更正式一些。所以，我们打算在周日进行预告宣读，丽莎，你会和我一起去听那宣读的，对吧？”

“行啊，我可以和你一起去。”

在回家的路上，莎莉坚持要在那广告牌前停下来，为丽莎讲述了广告页上每一个场景的由来。

“哦，你的《致命纸牌》真让我觉得恶心，我要回家去了。”说着，她不顾正在解释的莎莉，转身便离开了。

“我不知道丽莎到底是怎么了，”莎莉向一个她和丽莎共同的朋友解释道，“不管怎样，她总是带着刺。”

“哦，她是有些古怪。”那朋友回答说。

“哦，我也觉得她有时确实有些古怪，真的。”莎莉回应道。

丽莎一路往家走去，心里还想着那出戏，终于，她很不耐烦地晃了晃脑袋。

“我才不想去看那该死的戏。如果看到吉姆，我也会这样对他讲，我发誓，我一定会这么讲的！”

她看到他了，他正斜靠在自家的墙上抽着烟。丽莎知道他也一定看到自己了，然而在从他身边走过时，她却假装并没有看到他。看到她装作没有看见自己，吉姆也就让她过去了。于是丽莎心想，也许吉姆并没有看到她。可是，她却突然听见有人在叫她。

“丽莎！”

她转过头去，假装很是吃惊地看着他。“我还没看到你在那里！”她说。

“你从我身旁走过时,为什么要假装没有看到我——嗯,丽莎？”

“呀，我真的没有看见你啊。”

“胡说八道！你不会是在生我的气吧？”

“我有什么好生气的啊？”

他想要握住她的手，然后丽莎却很快闪开了。她已经习惯于这种动作了。他们继续聊着，但吉姆却没再提剧院的事。丽莎觉得有点儿奇怪，心想着他会不会是忘了。

“哦——莎莉昨晚上去剧院了。”她终于开口道。

“哦！”他应了一声，然后便没再说话。

她开始有些不耐烦了。

“我要走了。”她说。

“不，你先别走，我想要和你谈谈。”他回应道。

“谈什么？有什么特别的事吗？”她真想赶紧把看戏的话题从他的嘴里套出来。

“我也不知道。”他笑着回答说。

“晚安！”她不客气地说，随即转身便离开了。

“哼，我敢肯定他全忘了！”她闷闷不乐地边自言自语，边往家走。

第二天傍晚，快到六点时，她突然想起，今天是那部轰动新剧的最后一场演出。

“我确实喜欢吉姆·布莱克斯通，”她自言自语道，“但他竟然那样对我！汤姆是绝不会做出这种事的。如果我再同他讲话，就请诅咒我。现在我根本没机会看这出戏了。我完全能够自己一个人去看。瞧，他居然忘得一干二净！”

她感到非常愤怒，然而就像斩钉截铁地拒绝了吉姆的提议一样，她也很难说清原因。

“他说他会在门外等我的，我真想知道他会不会去那里。我一定要去看看——如果他在那里，那么我会独自进去，偏要气气他。”

她穿上了最漂亮的衣服，然后，为了不被邻居们发现，她没有像往常一样走大街，而是从一些公寓楼的过道里穿过，径自来到了威斯敏斯特桥大街，并很快到了剧院门前。

“我已经等了你半个小时了。”

听见这声音后，丽莎回过头去，发现吉姆就站在自己身后。

“你在跟谁说话？我是不会和你一起去看演出的。你把我当什么了，啊？”

“那么，你是要和谁一起去看呢？”

“我准备自己去。”

“瞎说！你就别傻了！”

丽莎觉得很受伤。

“你就是这样对我的！我要回家去了。那天晚上，你为什么没来？”

“是你让我不要来的。”

她为这个不尽如人意的回答而哼了一声。

“那你昨天为什么不说点儿什么？”

“为什么？因为我认为，如果我什么也不说，你也许还会来。”

“好吧，我觉得你是个——畜生！”她觉得自己就快要哭出来了。

“丽莎，别这样，我一点儿也没有要惹恼你的意思。”说完，他伸手揽住丽莎的腰，并将她带至剧院门前。两行泪从丽莎的眼里滑落出来，一直流至鼻尖，然而她却感到如释重负般的欣喜，任由他揽着自己往剧院里面带。

人们在剧院门口排成了长长的队伍，现场有些黑人在为等候的人们助乐，这让丽莎感到很开心。那些黑人又唱又跳，也做鬼脸，等候的人们都很是赞赏地看着他们表演，有如皇家贵族在聆听雷斯凯[①]演唱。大家都没有吝惜自己的掌声，很多人还在表演结束时给了他们一些零钱。接着，黑人们退了下去，报童开始出来卖小报和“号外”。然后，三个小女孩出来演唱了非常感人的歌曲，她们也因此集得了更多的铜板。最终，那蛇形的队伍终于开始挪动起来，门

① 雷斯凯（1850—1925），波兰男高音歌唱家。

后面传来了声响，大家开始聚拢，男人们让身旁的女人靠近自己并握紧了她们的手；大家听到了很大的门闩被拔去的声音。随后，门打开了，于是人们像汹涌的洪水般涌了进去。

半个多小时后，台上的幕帘打开了。这出戏果然让人感到无比震颤。丽莎专心地看着戏，几乎都忘记了她的同伴；她屏息关注着剧情的发展，激动地颤抖，好几次都几乎情绪失控。当第一幕剧结束时，她叹了口气，并擦干了脸上的汗水。

“你摸摸看我有多热。”她对吉姆说道，并向他伸出了手。

“是啊，你确实很热！”他一边评论着，一边抓住了她的手。

“放开我！”她说着，试图抽回手来。

“我可不想放开。”他大胆地回答说。

“该死的！放开我！”但他仍旧没有放手，而丽莎也并没有太拼命地挣扎。

第二幕剧开始了，丽莎对着戏剧演员尖叫起来，她笑得比任何人都要大声，因此人们都转过头来看她，说道：

“她看得可真是开心。”

接着，当谋杀发生时，她咬着自己的指甲，豆大的汗珠从她的前额滑落下来；激动之中，她甚至扯破嗓子般地冲受害者喊“小心！”，这引来了现场的一片笑声，也使剧场的气氛不那么紧张了。那时所有人都屏着呼吸，看那恶棍在门口听着动静，并蹑手蹑脚地前进，就像是老虎正悄悄靠近它的猎物。

丽莎一直在浑身发抖，恐惧中，她紧挨着吉姆，而吉姆则伸出两手抱着她，并说道：

“别害怕，丽莎，不会有事的。”

最终，坏蛋们一拥而上，一场搏斗后，那可怜的人儿被杀了；接下来便是广告牌的那一幕——受害人的儿子在敲门，而门内则是凶手们以及那被杀害的人。最后，剧场终于落下帷幕，观众们如释重负般地爆发出阵阵欢呼。那英俊的男主角戴着高高的帽子迎接着人们的掌声；而那依旧衣衫不整的“被杀害的人”也得到了大家满是同情的高呼；对于那些恶棍，人们咆哮着，发出各种嘘声，而那些可怜的“畜生”们还不得不为大家鞠着躬，表现得像是很喜欢人们对待自己的态度一样。

“我今天真是开心，”丽莎说道，一边靠紧了吉姆，“吉姆，你能带我来看戏，这真好。”

他轻轻地抱了一下丽莎，让她突然意识到，她正处于莎莉所处的状态，并且也像她一样，觉得自己幸福极了。

幕间休息的时间很短，不久，台上的幕帘又一次展开了，喜剧演员们出场，脱起了衣服，对着观众展示里面的衬衣衬裤，引起了一阵哄堂大笑。接下来又是更多的悲剧，最后一幕是发生在一个黑暗的房间，那决定命运的场地，还有爆炸。

当一切结束，大家走到剧院外时，吉姆咂了咂嘴说：

“我想喝点儿东西，我们一起去酒吧吧。”

“我也很口渴。”丽莎回应道，于是，他们便往酒吧走去。

到达之后，他们都觉得有些饿了，又看到了一些很能刺激食欲的香肠卷，于是各自吃了一些，然后又喝了一些啤酒。接着，吉姆点燃了他的烟管，二人开始出门散步。快要走到威斯敏斯特桥大街时，吉姆建议他们可以在酒馆打烊前再去喝几杯。

“那恐怕会太晚了。”丽莎说。

“这有什么关系？”吉姆笑着回答说，“你明天早上又不用上班，完全可以多睡一会儿的。”

“好吧，那我们就再去喝几杯吧，反正已经喝酒了，也不妨再多喝一点儿。”

走到酒吧门口时，丽莎突然又犹豫了。

“我说，吉姆，”她说，“里面可能会有这条街上的人，他们会看到我们的。”

“不，那里不会有人的，不用害怕。”

“我还是害怕，我不想去了。”

“好吧，就算他们看到我们了，也没什么关系，我们又没做什么坏事。并且，我们可以去私人吧台，我敢打赌，那里怎么也不会有人了。”

丽莎终于顺从了，于是他们便走了进去。

“小姐，请给我们来两品脱苦啤酒。”吉姆对服务员说道。

“我说，朋友，我最多只能再喝半品脱了。”丽莎说。

“别说废话了，”吉姆回答说，“你是有多少就能喝多少的，我知道。”

到酒吧打烊时，他们离开了，来到宽阔的路面上，开始往家的方向走去。

“我们再坐一会儿吧。”吉姆指着两棵树中间的一条长凳说道。

“不了，已经很晚了，我只想回家。”

“这是个多么美好的夜晚啊，就这么回去了真的好可惜。”说完，他将未加抵抗的丽莎拉到了凳子上，并伸手搂住了她的腰。

“放开我，你这个混蛋！”她误引了一个情节剧中的句子；然而吉姆只是哈哈大笑，她也并没有反抗的意思。

他们默默地坐了很久，丽莎的酒劲儿上来了，而那和煦的微风更是让她心醉神迷。她感觉到他的手臂揽着她的腰，高大的身躯紧贴在她身旁；她再次感受着这不寻常的感觉，感觉心像是快要爆炸了，这感觉使她透不过气来——这感觉是如此难以忍受又令人痛苦，几乎让她觉得想吐。她的手颤抖起来，呼吸也变急促了，似乎就快要窒息一般。快要晕倒之际，她倒向了身旁的这个男人，随即，全身上下不禁流过一阵寒战。吉姆低头靠向她，伸出双手将她抱起，给了她一个持续时间极长而又充满激情的吻。最终，她感到有些难以呼吸了，于是将头扭向一边，并呻吟起来。

接下来，他们又一起默默地坐了很久。丽莎突然感到一种莫名的幸福，觉得自己本可以歇斯底里地狂笑起来，然而却被静谧的夜给压了下来。在他们身后，教堂的钟声响了一下。

“天哪！”丽莎终于开口道，“已经一点了，我得回去了。”

“这样待着可真好，丽莎，请不要走，”他将她拉到自己身边，“丽莎，你知道吗，我爱你——简直爱得要死。”

“不，我不能再待下去了，我们走吧。”她从位置上站了起来，同时也拉起了他。“走吧。”她说。

他们没再说话，只是默默地往前走着，此时，他们四周一个人也没有。他没再抱着她了，两人只是并排走着，略微还隔了些距离。这一次，又是丽莎首先打破了沉默。

“你最好沿着这条路走，绕过教堂，上维尔街去，我会从小道里绕过去，这样就不会有人看见我们在一起了。”她对着吉姆耳语道。

“好吧，丽莎，”他回答道，“我就按你说的去做。”

他们走到了丽莎提及的小道口，这是位于两壁高墙间的一条羊肠小道，是工厂的背面，而小道的尽头就是维尔街的前端。入口处的中间有两根铁支柱，以防止马匹或者推车小贩从此处经过。

他们走到那里时，一个男人刚好从小巷里往大马路中走来。丽莎很快地转过了头。

“不知道他有没有看到我们，”待那人走过后，丽莎说，“他还在往回看。”她补充道。

“为什么？他是谁？”吉姆问道。

“是我们街上的一个人，”她回答道，“我不认识他，但我知道他住在哪里。你觉得他看到我们了吗？”

“我觉得没有，黑暗中是很难看清谁是谁的。”

“但他回头看了，如果他看见了我们，那么整条街上的人都会知道这事儿了。”

“好吧，我们又没有做什么见不得人的事。”

她伸出手来，向他道晚安。

“我再陪你走一段路吧。”吉姆说。

“不，你别跟着我，你从大路上走吧。”

“但这里太黑了，我有点儿担心你。”

“不！你回家去，别跟着我。”她回应道，随即便走入那巷中，隔着一根铁柱子回头望着他。

“晚安，老朋友。”她伸出手来说道。他则拉过她的手说：

“丽莎，我希望你不要离开我。”

“该死的！我必须离开你！”她试着收回手来，但吉姆却牢牢地握住了它，并将它放到柱子顶上。

“放开我的手。”她说。他没有再做出什么动作，然而却直直地看着丽莎的眼睛，看得她很不自在。她开始后悔跟他一起出来了。“放开我的手。”她握住拳头捶打按住她的那只手。

“丽莎！”他终于开口了。

“哦，怎么？”她回应着，一边继续自己的挣扎。

“丽莎，”他对她耳语道，“你愿意吗？”

“我愿意什么？”她低头回答道。

“你知道的，丽莎。说吧，你愿意吗？”

“不。”她说。

他朝她低下头来，又问了一遍：

“你愿意吗？”

她没再回答，但却仍在击打着他的手。

“丽莎，”他又说了一遍，声音变得愈加厚重沙哑，“丽莎，你愿意吗？”

她仍是没有搭话，眼睛盯着别处，并一直挥舞着拳头。他盯着她看了一会儿，她则停止了打他手的动作，此刻开始半张着嘴，抬起头来看他。突然，他振作了起来，握紧拳头，狠狠地往她的腹部一击。

“走吧。”他说。

于是，他们便一起往那漆黑的小巷里走去。

第八章

坎普太太习惯了将周日的上午用于睡眠，否则丽莎也不能比平常多睡一会儿。起床后，她揉了揉眼，尽量让自己清醒起来，于是，她渐渐回忆起前一晚上去剧院的事；接下来，她算是回忆起了昨天的一切。她伸出双腿，愉快地长叹了一口气。她心满意足地想起了吉姆以及爱情的美妙感觉。她闭上眼睛，回味他那温暖的吻，并伸出双臂，似乎是要将其放到吉姆的脖子上，将他往下拉。她似乎都感觉到了他的胡须压在自己脸上的感觉，也似乎能感觉到那健壮的胳膊正搂在自己腰间。她笑了起来，并长长地吸了口气；接着，她褪去睡衣的袖子，看着自己那瘦瘦的胳膊，只是两块骨头，没有一点儿肌肉，皮肤很白，能清楚地看到交错的青筋。她并没有意识到自己的手很粗糙且又红又脏，指甲也被咬破了，有的连指甲下的肉都露了出来。她从床上起来，开始透过壁炉架上的玻璃欣赏自己：她的脸又瘦又小，但脸色却很不错，又白又净，脸颊上还有一抹红晕；她的眼睛很大，并且就像她的头发那么乌黑闪闪的。她感到非常幸福。

她还不想穿上衣服，只想坐着思考一番，因此她便胡乱扎了一下头发，在睡衣上套了件衬衫，然后便在靠窗的椅子上坐下，开始往四下里观望。这房间里的装饰主要都集中在壁炉台上，一个梨，一个苹果，一个菠萝，一串葡萄，以及很多胖李子，全都是非常漂亮的蜡制品，是这时期最为流行的装饰。它们的颜色很逼真——苹果很红，葡萄是墨水般漆黑的一串，并且还伴有翠绿的叶子，整堆“水果”搁在一个罩着黑天鹅绒的乌木色架子上；为了防尘，这些“水果”的外面还有装饰着红色长毛绒的漂亮玻璃盖。丽莎赞许地看着这些水果，那个菠萝尤其引起了她的食欲。壁炉台的两端各有一个粉色的前面装饰有蓝色花朵的罐子；顶部还有金色的歌德体刻字：“来自一位朋友”。这是较晚时期的作品，但并不是说就意味着来自不懂艺术的时代。壁炉台的中部摆着一些罐子、杯子及茶托，里面镶金，外面则是城镇的模样，这些物品的四周刻着“来自克拉克顿[①]的礼物”或押头韵的短语“玛格特送来

① 克拉克顿，英国海滨城市，现为度假胜地。

的纪念品[1]”。这些物品中，很多已经出现了裂痕，但已用胶水粘好，并且，大家都明白，在鉴赏家眼中，陶器哪怕是有一两道裂缝，也并不影响其价值。接着便是无数的肖像画——小小的天鹅绒框架里泛黄的肖像，有的还装饰着贝壳；上面是穿着老式服装的奇怪的人，妇女的胸衣和袖口都非常紧。这是些不苟言笑的女性，她们的头发都是从中部分开，一丝不苟地贴在两边，下巴和嘴都绷得紧紧的，眼睛小得像猪眼睛，脸上布满皱纹。而男人们则穿着不合身的周日礼服，姿势看起来僵硬又别扭，两鬓留着浓密的络腮胡子，下巴和唇上的胡子却都剃干净了，看起来都是一副经历过长年累月的劳作的样子。接着又有那么一两幅盖尔银版照片，边框上镶着金箔纸。这其中有坎普太太的父亲和母亲，还有很多是快要结婚的情侣或新结婚的夫妇，相片中的女人们总是坐着，而男人们则站在他们身后，将手放在椅子上；或者男人们也同样坐着，而女人们将手搭在他们的肩上。除了壁炉台上以外，房间的各处都挂着这类照片，甚至连床上方的墙上也有，他们就那么直直地盯着这房间，永远用他们那严厉呆板且让人觉得不安的眼神，不自然地注视着房间里的人们。

墙上铺着肮脏而老旧的纸，以及一些圣诞节专号的彩色报刊——这其中有一些很能体现爱国精神的图片，比如一位无视行进中的阿拉伯士兵，而向被围困的同志伸出援手的士兵；也有布

① 英文中的“玛格特”和“纪念品”两个词都以 M 为首字母。

满灰尘的几乎是黑透了的《卖樱桃的小女孩》[1]。屋里还有两本很老旧的日历，一个上面画着罗恩侯爵的肖像——他长得非常英俊，穿着也非常优雅得体，在次普太太的丈夫去世以后，罗恩侯爵便成为她所崇拜的人了；另一本日历上是女王的画像，因为丽莎一时无礼用木炭在女王脸上涂上了胡须，因此她显得不再像从前那般庄重了。

室内的家具包括一个脸盆架，一个杉木五斗橱：这橱柜充当了餐具柜的角色，因那些罐子和盘子均无处堆放。床的两边放着两张厨房椅和一盏灯。看着眼前的这一切，丽莎感到非常满足；她在侯爵画像的一角钉上了一颗大头针以防止它滑落，然后又玩弄了一会儿那些小装饰品，之后便开始洗漱。穿好衣服后，丽莎吃了一些黄油面包，喝了一些凉茶，然后便来到了大街上。

她看到一些男孩子在街上玩板球，便径直冲他们走去。

“让我也玩一会儿吧。”她说。

“好吧，丽莎。”他们高兴地回答道。随后他们的队长补充道：“你到灯杆那边去守着。”

“守你个头！”丽莎愤慨地回应道，“我要打板球的话，那一

---

① 《卖樱桃的小女孩》原是一首英国民歌，由诗人罗伯特·赫里克（1591—1674）作词，查尔斯·爱德华·霍恩（1786—1849）谱曲。这首歌在19世纪及第一次世界大战期间曾十分流行。1879年约翰·埃弗里特·米莱斯依据这一歌曲的题材创作了一幅以卖樱桃的小女孩为形象的油画，后经《图画报》处理重制成一幅彩色平印图刊登在该报当年的圣诞特刊中，令当时该报的销量大增。

定是当击球手的。”

“不行,你不能每次都当击球手。你以为你是谁? ”队长回答说。而我们的这位队长总是把自己的需求放在首位，因此仍在场内。

“好吧，那我就不玩了。”丽莎回答说。

“好了，恩尼，就让她待在内场吧！”有两三个队员叫道。

“好吧，我也没有办法了！”说完，这位队长将手里的球棒递给了丽莎，“我敢说，你一定在内场待不长的。”他一边说着，一边叫之前的投球手去守外场，自己则拿起了球。他是个不会轻易认输的倔强小绅士。

“啊！”当这球飞过丽莎的球棒并落到大家当作三柱门的外套堆上时,很多人都叫出声来。队长走上前,准备继续进行这局比赛,然而丽莎却不肯将球棒给他。

“该死的！”她说，“这仅仅是一次试手而已。”

“你从未说过有试手这回事儿。”队长愤慨地说道。

“不，我说过，”丽莎说，“我是在球将要发出来时说的，我压着嗓子说的。”

“好吧，我无话可说了。”队长又一次无奈地说道。

突然，丽莎发现汤姆竟也出现在围观的人群里，鉴于那天早上她的心情很好，于是便冲着他叫了起来：

“哇，汤姆！”她说道，“你来投球吧，这个家伙不知道怎么玩球。”

“哦，不管你怎么说，总之我是赢了你了。”那人回答道。

“哦，这不过是练球罢了，要是正式比赛，你可不一定赢得了我——练球能算得了什么？”

随后，汤姆开始放松地慢慢投球，这样丽莎便能准确用力地击球；她打得也很不错，很快便将分数提升至二十分。这样，场外的球员们开始有意见了。

“我说，你们看啦，他总是发一些下手球，他一点儿没有要把她打下场的意思。”

“你们完全就是在破坏我们的比赛。”

“我可不在乎那个，我已经有二十分了——你们不可能超过我了。我这就自己离开，现在，我已经创下新的纪录了，看吧！汤姆，我们走吧。”

汤姆来到了她身旁，于是，队长重又拿起了球棒，比赛继续进行起来；而丽莎和汤姆也开始了他们的谈话——丽莎靠在一所房屋的墙上，汤姆则站在她面前，微笑着看着她。

“汤姆，你最近为什么好像躲起来了？我已经很久没见到你了。”

“我还是像平常一样啊，在你没有看到我的时候，我却看见你了。”

“哦，你看见我时，应该过来向我道早安的。”

“丽莎，我可不想缠着你。”

“该死！你可真是莫名其妙，现在我倒是感到疑惑了！”

“我想你不喜欢我缠着你，所以我就决定离你远些了。”

“你为什么这样说？这语气就像是我不喜欢你一样。如果我不喜欢你，我还会跟你一起出去野餐吗？”

丽莎真的很不诚实，但在这个早上，她觉得非常高兴，因此对整个世界都充满了爱意，当然对汤姆也不例外。她非常友善地看着他，汤姆则感到受宠若惊，喉咙也像是被什么东西堵住一般，完全说不出话来。

而丽莎的眼睛却转向了吉姆的房子，她看见了一个和她差不多年龄的女孩从里面跑了出来，她觉得那女孩长得有点儿像吉姆。

“我说，汤姆，”她问，“那不会是布莱克斯通的女儿吧？”

“是的。”

“我要过去跟她说几句话。”说完，丽莎便扔下汤姆，向路的另一旁走去。

“你是波利·布莱克斯通，对吗？”她说。

“是的！”这女孩回答道。

“我猜你就是。你的父亲曾对我说：‘你没见过我的女儿波利，对吧？’我说没有。接着他又说：‘你只要一看到她，便能知道她就是我的女儿。’他说得真的一点儿都没错。”

“我母亲说，我和父亲简直就是一个模子里刻出来的，但却一点儿也不像她；爸爸则说，幸亏我长得不像母亲，否则他就要离婚了。”

说完，两人都笑了。

“你现在要去哪里？”丽莎看见她提着个桶，于是便好奇地问道。

“我准备去买些冰激凌，我们打算在晚饭时候吃。爸爸昨晚运气很好，他说的，所以他决定今晚吃饭的时候请我们吃冰激凌。”

“如果你不介意的话，我可以跟你一起去。”

“来吧！”于是，这对新朋友便手挽手来到了威斯敏斯特桥大街上。她们一路走着，来到了一个意大利人的冰激凌货摊前，试了一下冰激凌的口味，于是，波利拿出了她的六便士，然后在她的小桶中装入了红白相间的毒药模样的冰激凌。

在回去的路上，波利看了看对街，然后叫道：“爸爸在那里！”

丽莎的心跳突然加速，脸也变红了；然而突然，一阵羞耻感也同时划过了她的脑海，于是她低下了自己的头，让自己无法看到他，然后对波利说：

“我想我该回去看看我妈妈怎么样了。”波利还没来得及做出任何回应，便见丽莎走进了自己的房子里。

她妈妈正好觉得有些不舒服。

“你终于回来了，你——你！”丽莎踏入房间时，坎普太太冲她吼叫道。

“妈妈，你怎么了？”

“你也会在乎啊！我倒觉得高兴了——你到底还是在乎啊！不过你还是只关心你自己好了！你就是这样对待我这个老太婆

的——还是你自己的母亲啊！”

“现在又是怎么了？”

“你不要跟我说话，我不想听见你的声音。就让我一个人待着，我，还有我那风湿和神经痛！我一整个早上神经都在发痛，头就像快要爆掉一样，因此我觉得我的骨头就要散架了，脑浆也即将流出来。而当我醒来的时候，也没有人给我递茶来，于是我就躺在这里，一直等啊等，终于，我挣扎着起身为自己倒了茶。然后，我的头差点儿就爆裂了！还有，炉子里点着火，我睡着的时候被活活烧死也不会知道。”

“哦，真抱歉，妈妈；但我只是出去了一小会儿，也不知道你刚好就醒来了。并且，炉子里的火也并没有点燃。”

“该死的！我可没有像你这样对待我的母亲。哦，你真是个不孝女——我怀你的时候遭受的痛苦可是比生其他孩子时所有的痛苦加起来还要多。你在我肚子里时就折磨我，生下来以后，我为你吃尽了苦头。现在，我老了，一辈子当牛做马，你却丢下我不管，任由我饿死、被火烧死。”说完，坎普太太开始哭起来，于是，她剩下的话也就跟着变得模糊起来。

夜幕袭来，坎普太太也像窗外的小鸟一样，开始休息了。而此时的丽莎却在想着许许多多的事情，比如，早上的时候，自己为什么不愿与吉姆碰面。

“我真是个大傻蛋。”她自言自语道。

自从昨晚以来，时间仿佛已经过了一年，昨夜所发生的一切似乎都成为了很久以前的过眼云烟。她今天一整天都未和吉姆说过话，但她却有好多好多的话想要对他说。接下来，她开始想着吉姆现在会在做什么，于是便走到窗前往外看；然而外面一个人也没有。她再一次关上窗户，到屋里坐下；时间一分一秒地过去了，她仍在想着他会不会过来，会不会像她想念他一样地想着她；渐渐地，她的意识变得模糊起来，一阵强烈的睡意袭来。她困得直点头。突然，她猛地站起来，似乎听到了什么东西一样；她开始侧耳细听，这声音仍在重复着——有人正在轻轻地敲着她们家的窗户。她打开窗户，很快便低声叫道：

“吉姆。”

“是我，”他回答说，“你出来一下吧。”

于是，她关上窗户，走到过道里，打开了临街的门。她刚打开门，吉姆便冲了进来；随即将其关上，然后便将丽莎抱起来，揽入怀中。丽莎也充满激情地亲吻着吉姆。

“吉姆，我就知道你今晚上会来的，我心里总有个东西在对我这样讲；但你却这么晚才来。”

“我之前不方便来，因为我知道太早的话外面会有人看见我。丽莎，吻我吧！”他又一次吻上了丽莎，而丽莎则兴奋得差点儿晕了过去。

“我们出去走走吧，好吗？”他说。

“好吧！”他们轻声交谈着。“你从小路过去，我从街上来。”

“好的，这很好。”再一次吻了她之后，吉姆溜走了，丽莎也随即关上了门。

然后，丽莎折返回去取她的帽子，她又走到了走廊旁，在门后等着，想等到感觉安全了再行动。她还没有下定决心要冒这样的风险，突然，她听见了钥匙在门锁里转动的声音，这让她完全来不及闪躲，于是便被打开的门撞了一下。这是个住在楼上的房客。

“哦！”他说，“谁在那里？”

“欧吉斯先生！你真是吓了我一跳！我正准备出去呢。”她满脸涨得通红，但由于天色已晚，这男人也看不见她脸上的异样。

“晚安。”她说，然后便夺门而出。

她就像是个贼一样贴着街边房屋的墙脚走着，路边的警察也总是不禁回头看她，猜想这女人是不是在思忖着什么不法勾当。快走到公路上时，她总算放松了下来；然后，她看到吉姆躲在一棵树后面，于是便奔向他，两人随即又开始在树影下热吻起来。

第九章

就这样，一段愉悦的恋爱时光开始了。在那之后，每当完成自己的工作并用完茶点之后，丽莎便会跑到某个指定的地点去与吉姆碰面。通常，他们会在威斯敏斯特桥大街上的教堂碰面；然后他们会一起散步，手挽着手，一直走到其他什么可以坐下来休息的地方。有时，他们可以从艾伯特路堤一直走到巴特西公园，然后便在公园里的长凳上坐下，看着周围的孩子们嬉戏玩耍。爱骑自行车的新式女性常常去河对岸的公园，已不怎么到巴特西来，而丽莎带着属于她那个阶层的旧式偏见，在看到那些骑自行车的新女性时，总是忍不住要评论一番——那语气、用词一点儿也不像个淑女。她和吉姆都很喜欢小孩子，那些衣衫褴褛的顽童总会围着他们，骑在吉姆的膝上，或是同丽莎玩闹。

他们认为他们已经远远离开了维尔街的人们，但有那么两次，他们在一起散步的时候，遇见了一些认识他们的人。有一次是两个在沃克斯豪尔[①]做工的工人，他们在回家的路上碰见了吉姆和丽莎。直到他们走得很近时，丽莎才发现了他们；于是她很快地松开了吉姆的手，随即，和吉姆一起低下头看着路面，整个就像鸵鸟一般，他们以为，只要他们不看着别人，别人也就看不见他们。

“吉姆，你看见他们了吗？”等到他们走过之后，丽莎低声问吉姆。“我想的是，他们有没有看见我们。”突然，她几乎是本能般地回头看了一眼，就在这时，刚走过的两人中的一人也回头往他们这方向看。于是，他们刚才的问题便有了清晰明了的答案了。

“这可真是吓着我了。”她说。

“我也是，”吉姆回应道，“我吓得出了一身汗。”

“我们真是十足的傻蛋，”丽莎说，“我们刚才应该跟他们说话才是！你觉得他们会把这事儿传出去吗？”

这天过后，他们并没有听见什么谣言。后来，吉姆在酒吧碰见了其中的一个男人，那人并未提到自己曾碰见过吉姆。于是，吉姆和丽莎都认为，那两人当时并没有认出他们来。然而第二次却更糟了。

---

① 沃克斯豪尔，伦敦南部的工业区，靠近泰晤士河，在巴特西公园和威斯敏斯特桥大街之间。

这天，又是在艾伯特路堤，他们一下碰见了四个熟人——他们都是住在维尔街上的人。丽莎感到心都沉了，因为这时已经没有逃跑的可能了；她想过赶紧转身往相反的方向走，但已经来不及了，因为那些人已经看见她了。她于是低声对吉姆说道：

“别害怕！”当他们遇上这四个人时，丽莎冲着其中一人叫道：“哦，这可真巧！你们这是要去哪里啊？”

那些人停了下来，其中一人也向丽莎扔出了相同的问题。

“你们又是要去哪里呢？”

“我？哦，我刚去了医院。我们厂里的一个女孩病了，于是我决定去看看她。”刚开始时，她说得有些结巴，然而很快，她便恢复了往日的镇静，开始毫不犹豫地撒起谎来。

“等到我出来时，”她接着说道，“便碰上了吉姆。他向我问好，之后说自己要到沃克斯豪尔去，并问我要不要一起走一段路。于是我回答说：‘好啊，我倒是并不介意。’”

一个男人眨了眨眼，另一个人则说道：“继续吧，丽莎！”

她于是就像是清白受到玷污一般地发起火来。

“你们这是什么意思？”她说，“你以为我是在开玩笑吗？”

“开玩笑？不！你是刚从乡下来的不会开玩笑的人，不是吗？”

“你们认为我是在骗人？你认为我为什么要骗人？爱撒谎的人从来就不相信任何人，这才是事情的真相。”

“别这样，丽莎，说话别这么粗鲁嘛。”

“粗鲁！你再对我说那些，你看我会不会打肿你的眼睛。我们走。”她对一直窘迫地站在一旁的吉姆说道。然后，他们便走开了。

那几个人一边哄笑着离开，一边叫道：“我们很快就能有好戏看了！”

在那之后，丽莎他们决定要去一些绝对不可能碰上熟人的地方。他们一直走到威斯敏斯特桥之后的路段才碰面，然后回到巴特西公园；他们可以躺在草地上，躺在对方的臂弯里，以此来度过漫长的夏日傍晚。白昼的炎热过后，公园里会有一阵阵和煦的微风，这时，他们便可以深呼吸，吸入那些宜人的空气；他们似乎远离了伦敦，四周是那么宁静又凉爽。躺在吉姆身旁的丽莎感到自己对吉姆的爱已超越了世上的一切，也觉得自己就是世界上最幸福的人。要是这幸福时光可以一直持续下去，那该多好啊！他们一起看星星，看那蓝蓝的天空里一颗颗闪耀着的明星，一直到蓝色的天空变为黑色，而星星也愈见增多，愈发明亮起来。等到随着黑夜的来临，四周逐渐变冷时，他们觉得草地上太凉，对他们而言，在一起的时光总是那么短暂，于是，他们会跨过威斯敏斯特桥，散步到堤岸上，找一张空长凳坐下。这时，丽莎总会依偎在吉姆怀中，而吉姆则会用他那长长的胳臂抱住丽莎。九月的雨也未能阻止他们，他们仍旧像往常一样找棵树坐下，吉姆会把丽莎放到自己膝上，然后打开自己的外套，将她包裹进外套里，而丽莎则总是会将手臂绕在吉姆的脖子上，紧紧地贴着他，偶尔还会发出特别愉悦的笑声。在这样的夜里，他们通常不会多讲话，再说了，他们彼此间又能说些什么？他们常常就那么静静地坐着，一两个小时内不说一句话，只是捡贴着脸，彼此都从脸颊上感受到对方热烘烘的呼吸；有时候，一天下来，丽莎唯一的动作便是将嘴唇上扬，吉姆则将自己的嘴唇凑上去，这样他们才能吻到一起。有时，丽莎会就那么睡过去了，而吉姆为了不吵醒她，便只是一动不动地坐着，怕把她弄醒了，这样，当丽莎醒来时，总会满脸微笑，于是吉姆便又会低下头去吻她。他们都觉得非常幸福。然而美好的时光总是那么短暂，因此当大本钟敲响十二下时，他们又总会感到非常惊讶，并且一点儿也不愿意就这么起身回家。他们的告别总是特别漫长——每天晚上，吉姆都不让丽莎离开自己的怀抱，一想到分别，他的眼里就噙满了泪水。

“我真的愿意放弃一些东西，”他总会说，“如果我们可以永远在一起的话。”

“别这样，老朋友！”丽莎总会这么回答道，同时，眼里也似乎噙着泪，“我们什么都做不了，只要我们在一起时开开心心的就好了。”

但尽管他们总是十分小心，维尔街的人们还是知道了他们的秘密。起初，丽莎开始注意到，女人们对她不像从前那般友好了；当她经过时，她们好像总在刻意看她，然后还会说些什么，有时还会爆发出一阵大笑；然而一等到她走近，她们便立即住嘴了，随即便是一阵令人尴尬的、刻意保持的沉默。很长一段时间，丽莎都不愿相信大家对她的态度发生了改变，而一点儿异样也未察觉到的吉姆则总是安慰她说，一切都只是她的幻想罢了。但事情却日渐变得明晰起来，吉姆于是也发现，人们可能已经发现了他俩的秘密。一次，丽莎正在同吉姆的女儿波利谈话，突然，布莱克斯通太太就把女儿叫了回去，等到小波利走到她妈妈身边时，丽莎发现她们两人都在愤怒地看着她。丽莎在布莱克斯通太太的脸上看到了明显的怒容，这可吓坏了她；她想要硬着头皮跨上前去同那女人说几句话，然而布莱克斯通太太却一动不动地站着，很生气地看着她，于是她只得打消了之前的愚蠢念头。当她将这事告诉吉姆时，他气得脸色发青："那个该死的女人！要是她对你说了什么瞎话，我回去就揍他。"

"吉姆，不管发生了什么，千万别打她，可以吗？"丽莎说。

"那么她最好小心点儿！"他回答道，然后，他也告诉丽莎，最近他妻子好像一直很不高兴，已经很久没同他讲话了。前一个晚上，他下班回家后问候她"晚上好"，然而她却转身背对着他，也并没有做出任何回答。

"我在跟你说话，你就不能有个回应吗？"他接着说道。

"晚上好。"她闷闷不乐地回答道，仍是背对着自己的丈夫。

在那之后，丽莎注意到波利也在刻意躲着她了。

"这究竟是怎么回事儿，波利？"一天，丽莎忍不住问波利，"你现在完全不和我说话了；难道你的舌头被割掉了吗？”

“我？我只知道，我没有什么想要对你说的话。”波利回答道，随后便头也不回地走了。丽莎一下便脸红了，随即向四周观望了一下，看有没有人注意到刚才的情景。几个坐在人行道上的年轻人看到了这一切，丽莎看到他们彼此用胳膊肘轻捅着，并且还相互地使眼色。

再后来，街上的人便开始戏弄她了。

“你看起来好苍白。”一天，一个人对她说。

“你是太辛苦了吧，一定是那样了。”另一个人说。

“丽莎不适合婚姻生活，这才是丽莎想要的生活。”

“你们在瞎说些什么？我没有结婚，也绝不想结婚。”她回应道。

“丽莎可是有丈夫所能带来的一切欢乐，却是丝毫没有丈夫可能带来的一切烦恼。”

“我真搞不懂你们在瞎说些什么！”丽莎说。

“不，你当然不懂；你可是什么都不懂的，对吧？”

“天真得就像婴儿一样。我们那在天上的天父啊！[①]”

“你还没在伦敦待多久，是吧？”

他们开始一起取笑丽莎，而丽莎只是茫然地站在他们面前，不知道该说什么好。

“你们可不要弄错了，丽莎可还是知道那么一点儿的。”

---

① 基督教《主祷文》的第一句。

“哦，亲爱的，我真的快要爱死你了，但你确定你的妻子不会突然出现在那个角落里吗？”这样的挑衅非常大胆，惹得那一群人一齐哄笑起来。

丽莎感到非常难堪，一直拧着她的围裙，想着自己如何才能脱身。

“小心别给自己惹上麻烦，这就是我们想要说的。”其中一个男人用一种滑稽的严肃神态说道。

“丽莎，你也应该给我们一些机会；你来陪我一个晚上吧。你应该轮流给我们甜头的，这样才能表明你并不反感我们。”

“真不明白你们都在瞎胡扯些什么。你们一谈到女人就开始冒傻气。”丽莎愤慨地说道，同时，转身往家走去，只留给他们一个背影。

这时期，莎莉举行了她的婚礼。在一个周六，小小的行进人群缓缓地从维尔街迈开了步伐，莎莉走在人群里，兴奋地咯咯直笑。在佩戴了一个星期的卷发纸之后，她的刘海现在看起来非常漂亮。她穿着一身崭新的被称为电光蓝的颜色的棉绒衣服，而哈里则因戴着平时从未戴过的僵硬衣领而感到紧张不安，浑身不自在；他们两人肩并肩往前走着，后面跟着莎莉的母亲和舅舅（也是相互手挽着手），而队伍的最前端则是哈里的兄弟及一个朋友。最开始的时候他们在喇叭声中扔了一只旧皮靴，走到维尔街中部，一路都是出来献上他们的美好祝福的邻居。但当他们走到威斯敏斯特桥大街，就快要接近教堂时，这对夫妇却突然沉默了下来。哈里开始不停地流汗，这下他的硬衣领让他遭了大罪。教堂的正对面有一家酒吧，按常理来讲，他们应该先去那里喝几杯，然后再去教堂。由于这是个比较庄重的场合，因此他们便去了包间；而莎莉那很有钱的舅舅则为大家点了六罐啤酒。

“哈里，你是不是觉得很紧张啊？”一个朋友问道。

“不，”哈里回答说，就像是他在日常生活中早已习惯了结婚这件事一样，“只是有点儿热，就是这样而已。”

“祝你身体健康，莎莉，”妈妈举起酒杯对莎莉说道，“这可是最后一次能称你为小姐的机会了。”

“希望她能像你一样，成为一个好妻子。”莎莉的舅舅补充道。

“哦，我不觉得我家那口子对我有什么好抱怨的。对他，我已尽到我的职责了。”我们的这位好女士回答道。

“好吧，伙计们，”哈里的兄弟说道，“我想我们是时候进教堂了。现在，我祝愿亨利 · 阿特金斯和他未来的妻子身体健康。”

“愿上帝保佑他们。”莎莉的妈妈说道。

接着，他们便向教堂走去。在他们沿着过道庄严地往前走时，一个面色苍白的助理牧师从教堂的附属室内走了出来，往圣坛的脚下走去。这时，刚刚喝下肚的啤酒开始产生一些作用，哈里和莎莉都开始觉得这是个很好的笑话。他们冲着彼此微笑，并且在仪式过程中他们觉得有性暗示意味的那部分互相用肘轻轻碰对方的肋部。到了要为新娘戴上婚戒的时候，哈里慌忙地在各个口袋里摸索，他的兄弟则在一旁低声说：

“我敢打赌，他准是丢了！”

然而，哈里最终还是找到了他的戒指，之后莎莉便小心地装好了他们的结婚证书，然后他们便再一次出门喝酒，以庆祝这一幸福的时刻。

傍晚时，丽莎和几个朋友来到了这对夫妇的房间里，还在莎莉以前住的同一幢楼里，同他们一起喝酒，并祝福这对夫妇健康长寿，直到大家都觉得已经是时候休息了为止。

第十章

转眼到了十一月。随好天气一同逝去的还有吉姆和丽莎那甜蜜的爱情。一天晚上，他们来到堤岸处散步时，发现空气异常凄冷；有时，河面上笼罩着一层薄薄的雾霭，使得四周的灯光都显得暗淡下来；有时还会下起毛毛细雨，让他们冷到骨子里；街上偶尔会出现几个行人，他们打着伞，眼睛直视着前方，只顾在潮湿阴冷中匆匆前行；也有出租马车疾驰而过，马路两旁都溅起泥浆。街边的长凳上几乎没有什么人，除了一些无家可归的穷人——他们往往蜷作一团，将头埋入胸间沉沉地睡着，仿佛就是已死之人。湿湿的泥土使丽莎的裙子粘到了腿上，那潮湿所带来的寒意会慢慢往腿以上的部位蔓延，直到她冷得打战；这时，她便会紧紧地贴着吉姆，借此来取暖。有时，他们会去滑铁卢或者查理路口[①]的那些三等候车室，这些地方不像是夏日夜晚的公园或河堤；这些地方比较暖和，但温度使他们衣服上的水汽蒸发，散发出难闻的气味，他们甚至能看见衣服上的水汽正往上冒。他们讨厌那些不断地进进出出的人，因为门的开闭总是又引进了许多冷空气；他们讨厌那些门卫及搬运工在火车要开动时发出的吆喝声，讨厌蒸汽机车发出的刺耳之音以及所有的匆忙、喧扰及混乱。晚上十一点的样子，当路过的火车不再那么多时，丽莎和吉姆才能得到些许安宁；然而这时，他们已经不再宁静，一种沉重、沮丧及悲惨的心情总会袭上心头。

一天晚上，他们正坐在滑铁卢车站；外面全是浓雾——厚厚的、黄色的十一月大雾，这雾蔓延进候车室，进入人们的肺里，让人们嘴里都尝到了苦味，也让人们的眼睛感到刺痛。大约十一点半的时候，车站变得异常安静，一些裹着披巾或外套的人们不断地进进出出，等待着最后一班火车，也有那么一两个搬运工站在那里打哈欠。丽莎和吉姆完全沉默地待了近一个小时，此刻，他们两人郁郁寡欢，心中像是承载着千斤重担。丽莎身子前倾，臂肘撑在膝盖上，并且用手捂着脸。

“我真希望自己是个诚实正直的人。”最后，丽莎头也没抬地说道。

---

① 滑铁卢和查理路口都在伦敦中部，泰晤士河旁。

“哦，那你为什么不跟我一起离开这里，从此以后做个诚实正直的人？”吉姆回应道。

“不，那行不通，我不能那样做。”他常常让她跟他一起远走高飞，之后永远地在一起，然而她总会拒绝这样的请求。

“你完全可以跟我一起走，我可以在霍洛威①租一个公寓房，我们可以像一对夫妇那样住在那里。”

“那你的工作怎么办？”

“我可以在这里找工作，当然也能在别的地方找到工作。反正我也已经厌倦现在的这一切。”

“我也是，但我不能就这么丢下我母亲。”

“她也可以和我们一起走啊。”

“我又没有结婚，她是不会和我们一起走的。我不想让她知道——知道我做了错事。”

“哦，不过我会娶你的。我发誓，那是我最为渴望的一件事情。”

“不，你不能，因为你已经结婚了。”

“那不重要！只要我给我老婆差不多一个星期的工资，她便会签字同意放弃对我的指控的，然后我们就可以结婚了。我工厂里的一个同事就这么做过，最后他一点儿事儿也没有。”

丽莎摇了摇头。

---

① 霍洛威在伦敦北部，离威斯敏斯特桥大街很远，那里有英国名声最差的女子监狱之一。

“不，你现在可不能那么做；这就是重婚罪，如果警察发现了，会将你抓去关上一年的。”

“但是丽莎，我真的不想再这样下去了。你知道我老婆是个什么人——哦，这一点儿疑问也没有，她完全知道我们之间是怎么回事儿。”

“她一点儿也没有表现出知道的样子吗？”

“哦，她倒是什么都没说，只不过是很不高兴，也不同我讲话，然后，不管我说什么，她都会生气地责骂我，只要她能想得到的，她都能骂得出来。我真想狠狠揍她一顿，可我又不大想那么做！她把我的家变成了地狱，我再也不想忍受这样的生活了。”

“但你必须忍受，你不能就这样一走了之。”

“我当然可以，并且，如果你愿意跟我走的话，我一定会毫不犹豫地扭头就走。丽莎，我想你可能并不是真的喜欢我，否则，你一定会义无反顾地跟我一起走了。”

她转向他，伸出手臂绕住了他的脖子。

“我知道我是真心喜欢你的，我的爱人，”她说，“我喜欢你胜过了这世上的任何人；但我真的不能就这么扔下我的母亲。”

“我真的不明白这究竟是为什么；她对你从没有像你对她这么好过。她让你做她的奴隶，让你付房租，却总是拿她自己挣的钱去喝酒。”

“你说得没错，她确实不是一个好母亲——但不管怎么说，她总是我的母亲，所以我不想就这么扔下她，她现在已经上了年纪，又患有风湿病，因此她自己几乎都做不了什么事。再说了，我亲爱的吉姆，我们身后不仅有我的母亲，还有你的孩子们，你也不能就这么扔下他们不管啊。”

他想了一会儿，然后回应道：

“丽莎，你是对的；我真的不知道自己是否能离开我的孩子们。要是我能把他们和你一起带走的话，我就会非常幸福了。”

丽莎痛苦地笑了。

“所以，你看，吉姆，我们现在陷入了一个该死的深渊，我看不到前方有任何一点点出路。”

他将她抱到自己膝上，并紧紧搂住她，给了她一个长长的、深情的吻。

“哦，我们得相信运气才是，”她又说道，“或许很快便会有什么事情发生，然后一切都会如我们所愿。”

十二点已过，分离的时刻到来了，他们开始在空无一人的道路上走着，一直往维尔街走去。

对丽莎而言，这条路同三个月前相比可是有着巨大的不同。她那卑微的崇拜者汤姆已几乎从她的生活中消失。在八月的法定假日三四周之后的某一天，她在大街上看到他，才突然发现自己已经很久没有见过他了；过去的这段时间里，丽莎内心盈满了自己的幸福，因此除了吉姆以外，她没有余力再去想任何人。她想起了汤姆的缺席：曾经，有她的地方，也一定会有汤姆的身影。她从他身边走过，让她感到震惊的是，他竟然没有同她讲话。她想，会不会碰巧他没有看见她，然而她又感觉他明明看到了她。她转过头去，却发现汤姆突然低下了头，装作并没看见她的样子，继续走自己的路，却尴尬地涨红了脸。

“汤姆，”她说，“你为什么不和我讲话了？”

他看着她，脸比之前更红了。

“我没有看到你在那里。”他结巴地回应道。

“别跟我说这些，”她说，“这究竟是怎么回事儿？”

“据我所知，并没有什么特别的事情啊。”他不自然地回答道。

“我并没有得罪你吧，汤姆？”

“没有，据我所知，完全没有这回事儿。”他看起来很不高兴地回答道。

“你现在再也不来找我了。”她说。

“我不知道你是否还想见到我。”

“真该死！你知道我和大家一样，都很喜欢你的。”

“丽莎，你喜欢的人太多了。”他红着脸说道。

“你这是什么意思？”丽莎愤慨地回应道，并且还涨红了脸。她害怕汤姆已经知道了她的小秘密，而她最想要隐瞒的人也正是汤姆。

“没什么意思。”他回答说。

“没有人会无缘无故说出这种话的，除非他是个十足的傻蛋。”

“你说对了，丽莎，”他回答说，“我还真是个十足的傻蛋。”她觉得他现在是略有些愤怒地在看着她，接下来，他说了声“再见”，便转身离去。

起初，她感到有些害怕，认为汤姆一定是知道了自己对吉姆的爱；然而很快，她便觉得无所谓了。不管怎样，这根本就不关别人的事，只要她爱着吉姆，吉姆也爱着她，这就够了，其他还有什么重要的事呢？然而接下来，她开始生气了，她觉得汤姆不应该怀疑她；除了听几个人说曾在沃克斯豪尔碰见她和吉姆在一起以外，别的什么他也不会知道。她认为仅凭这一点他就如此责怪她，十分可恶。在这之后，每次碰到汤姆，她也会假装没看到；而他却从不曾同她讲话，每次从她身边经过时，他总会假装直视前方，然而丽莎总能发现他其实脸红了，并且总是为他眼里的忧伤而高兴。几个星期过去了，当她越来越觉孤独之时，她开始后悔自己与汤姆的那场争吵；当她意识到自己已经失去了汤姆那忠贞的爱时，她有些悲伤地哭了，并且很想还能和汤姆做朋友。只要他做出了和好的表示，她一定会热诚地回应他，不过她太骄傲了，不可能主动去求他原谅——再说了，汤姆怎么会原谅她？

同时，她也失去了莎莉，因为自莎莉结婚以后，哈里便要她辞掉了工厂的工作。哈里是个原则堪比国会议员的年轻人，他说：

“家才是女人应该待的地方，如果一个男人养不起一个女人，还要她出去工作——哦，我只能说，他最好还是单身好了。”

“你说得太好了。”他的岳母附和道，“再说了，她很快便会有小孩需要照料了，那会花掉她绝大部分时间，没有人比我更了解这点了——我有十二个孩子，还有两个死胎和一次流产。”

丽莎非常羡慕莎莉所拥有的幸福，新娘简直生活在歌声和笑声里；她沉浸在无尽的幸福里无法自拔。

“我真幸福，”在婚后几周的某天里，她对丽莎说道，“你不知道哈里有多棒。他真是个可爱的人，我真是找对人了。我不在乎别人说什么，但我想要说的是，婚姻是这个世上最棒的事。他从未对我说过一句重话，我母亲也和我们一起吃饭，他一点儿也不介意，并说这再好不过了。哦，我真的觉得好幸福，有时，我甚至幸福得连东南西北都分不清了。”

不过天知道，这样的情况并没能持续多久。等到丽莎下一次遇上她时，她便没有当初那么幸福了。一天，她的眼睛肿肿的，看起来就像是刚哭过的样子。

“你怎么了？”丽莎看着她，问道，“你怎么把眼睛哭肿了？”

“我吗？”莎莉说，同时也涨红了脸，“哦，我最近老牙疼——哦，我真是个傻瓜，每次牙疼得特别厉害时，我总是忍不住要哭起来。”

丽莎并不满足于这个答案，却再也问不出什么来。然而接下来的一天，真相终于露出了水面。是在一个让维尔街的女人们流泪的周六晚上，在去威斯敏斯特桥大街和吉姆碰面之前，丽莎打算去莎莉家待一会儿。哈里住在最后面的房间里，丽莎像往常一样，走上二层的梯子去叫莎莉。

“嗨，莎莉！”

然而尽管丽莎能够看见屋里的微光，那门却依旧紧闭着。快走到房门口时，丽莎突然停了下来——她听见了屋里传来的呜咽声。她侧耳静听了片刻，然后便开始敲门。屋里的人似乎为此慌乱了起来，接着便有人叫道：

“谁啊？”

“是我。”丽莎回答说，同时推开了那门。这时，她看见莎莉很快地在擦拭眼泪，并将她的手绢藏了起来。她母亲在她身旁坐着，很明显是在安慰她。

“莎莉，你怎么了？”丽莎问道。

“没什么。”莎莉回答说，同时喘了一口气，想要停住哭泣，并低头望着地面，不想让丽莎看到她的泪眼。但这对她来讲实在是太难了，很快，她便再次拿出自己的手绢，用它遮住脸，开始了撕心裂肺般地哭泣。丽莎于是满脸狐疑地看着莎莉的母亲。

“唉，又是那个男人！”老太太晃着脑袋，气呼呼地发出不屑的哼声。

“不会是哈里吧？”丽莎惊讶地问道。

“不是哈里——不是他还有谁？那个死混蛋！”

“那么，他都做什么了？”丽莎进一步问道。

“打她，他一直在打她！哦，这死混蛋，他应该为自己的所作所为感到羞耻才是，他应该有点儿廉耻之心的！”

“我真不知道他原来是这种人！”丽莎说。

“你不知道吗？我想整条街的人现在都已经知道了。”库珀夫人愤慨地说道，“他真是个混蛋，真是个混蛋！”

“这不是他的错，”莎莉一边哭泣，一边为他辩护，“他只是有些喝多了而已。他没喝酒的时间可是挺好的。”

“只是喝多了而已！我也多想这么想啊，这该死的禽兽！如果我是个男人，我一定不会放过他。他们都是一个样——所有的丈夫都是一个样；他们没喝酒的时候可是挺好的——有时确实如此——但等到他们喝酒之后，他们便变成禽兽了，完全没有例外。我和我的丈夫一起生活了二十五年，我可是看透了这一切。”

“哦，妈妈，”莎莉哭着说，“这全是我的错。我该早点儿回家的。”

“不，这根本不是你的错。听我说，丽莎，他根本就不是个男人。仅仅因为莎莉去隔壁的麦克劳德夫人家闲聊了一会儿，他便出手打她，甚至还打了我，你觉得这还像是个男人吗？”库珀夫人气得脸色铁青。

“是的，”她继续说道，“这是你的男人。当然，我也不可能眼睁睁看着我的女儿挨打，这是不可能的，对吧？于是，他竟也出手打了我。看看这里吧。”说着，她挽起衣袖，向丽莎展示了她那红肿粗壮的手臂。“看看我这瘀青的手臂吧；我开始还以为被他打断了呢。要不是我拿手臂挡着，他就往我的头上打来了，那可能会要了我的命。于是我对他说：‘你要是再敢碰我，我就去警局告你，我一定会那么做的。’哦，这才让他稍微收敛了一点儿，接下来，我还不打算就这么便宜了他。‘你觉得你自己是个男人吗，’我说，‘你根本就连打扫下水道也不配。’你真该听听他当时说的那些话。‘你个该死的老女人，’他说，‘你总是在给我瞎捣乱，现在，我要你滚蛋！’哦，我可不喜欢重复他说的话，不过这可是事实。然后我对他说：‘我真希望我女儿没有嫁给你，我要是早知道你是这样的人，我宁愿自己早死，也不愿把女儿嫁给你。’”

“哦，我也不知道他竟是那样的人！”丽莎说道。

“他开始的时候还是很好的。”莎莉说。

“是啊！一开始的时候他们总是很好的！但你想想，你们结婚还不到三个月，你们的孩子也尚未出世，他就如此疯狂，你以后的日子会是什么样！我觉得这太可耻了。”

丽莎又待了一会儿，想要安慰一下一直在自责的莎莉；随后，在向莎莉道了晚安并献上自己的祝福后，她溜出去与吉姆相会。

当她到达二人约好的见面地点时，发现吉姆并没在那里。她等了一会儿，终于看到他从邻近的酒吧里走了出来。

“晚上好，吉姆。”她迎上前去说道。

“你还是出现了，是吧？”他粗鲁地回答道，并且转身想要离去。

“吉姆，你怎么了？”丽莎害怕地问道——吉姆可从未以这种语气跟她说过话。

“你做得真漂亮啊，就这么让我整晚等在这里。”

她知道他喝酒了，于是小心地回答道：

“吉姆，真的很抱歉，刚才我去看莎莉时，发现她丈夫打了她，于是便留下来陪她坐了一会儿。”

“她丈夫打了她吗？这可真是太棒了，该好好打的女人确实也不少！”

丽莎没有回答。吉姆看着她，突然说道：

“进来喝杯酒吧。”

“不了，我不口渴，也不想喝酒。”她回答道。

“来吧。”他生气地说道。

“不，吉姆，你已经喝得不少了。”

“哦，你这是在跟谁说话？”他说，“如果你不想喝的话，那就别来了，我自己进去喝。”

“不，吉姆，别喝了。”她伸手抓住了他的胳膊。

“我就是要去喝酒，”说着，他开始往酒吧方向走去，尽管丽莎仍试图想要拉住他。“你可以放手让我走吗！放开我！”他粗暴地挣开了丽莎的手。当她试图再次拉住他时，吉姆推开了她，混乱中丽莎的脸上挨了他一拳。

“哦，”她叫道，“你竟然打我！”

他立即清醒了。

“丽莎，”他说道，“我没有伤到你吧？”她没有回答，吉姆于是又抱住了她。“丽莎，我没有伤到你吧？告诉我，我并没有伤到你。真的很抱歉，丽莎，请你原谅我。”

“好吧，老兄，”她对他温柔地微笑着，“伤害我的并不是拳头，而是你同我说话的语气。”

“丽莎，我并不是故意的。”他懊悔不已，极力道歉，谦卑到了极点，“我今晚和老婆又吵了一架，然后我来到这里，又没看见你，于是我等啊等——唉，我实在是恼火了。之后我喝了两三品脱四个半便士的酒，哦，我自己也不知道……”

“好了，老兄，只要你依然爱我，我是可以忍受这点儿小委屈的。”

他吻了她，二人很快又恢复到了从前的友好状态。然而这一次小风波却给丽莎带来了更糟的影响。第二天早上醒来时，她觉得自己左眼下方的颧骨略有些疼痛，待到后来对镜子照时才发现那里青一块紫一块。她仔细进行了清洗，却依然无济于事，并且好像愈发明显起来。她开始感到害怕了，生怕别人会看出什么迹象来，于是便在自己的房子里待了一天；然而等到第二天时，那瘀肿处却是更加明显了。在去工厂的路上，她拉下帽子遮住了眼睛，并且一路低头前行；她成功地躲过了别人的注意，然后等到回家时，她却没有那么幸运了。一些眼尖的女孩留意到了她脸上的异样。

“你的眼睛怎么了？”一个女孩问道。

“我吗？”丽莎回答说，假装糊涂地伸手去摸，“我没有什么特别的啊！”

两三个旁边站着的年轻男人听到这女孩的问话后，也特意看了丽莎一眼。

“丽莎，你的眼睛又青又肿，这是怎么回事儿？”

“我吗？你们不是在说我吧！”

“当然是在说你，你是怎么弄成这样的啊？”

“我没有，”丽莎说，“我不知道我的眼睛肿了。”

“真该死！说点儿别的吧！”另一个人回答道，“一个眼睛青肿的人不可能对自己的状况毫不知情。”

“哦，我昨天确实撞到了五斗橱上，我想应该是那时候留下的伤痕吧。”

“哦，你以为我们真会相信你这鬼话，是吧？”

“我还不知道他竟然这样对待自己的女人，你看出来了吗，特德？”一个男子问他身旁的男子。

丽莎感到自己脸红到了耳根。

“你是在说谁？”她问道。

“不必放在心上，是个你不认识的人。”

就在这时，吉姆的老婆刚好从旁经过，她满是怒容地瞪了丽莎一眼。丽莎真恨不得有个地缝可以立即钻下去，脸也变得比先前更红了。

“你为什么脸红了啊？”一个女孩率直地问道。

一起的几个人于是开始看她，又看看布莱克斯通太太，如此往复。接着，有人说道：“我们现在穿上周日的靴子好不好？”说完，几个人发出一阵难以掩饰的窃笑。丽莎突然觉得自己完全失去了意识，想不起应该要回应点儿什么，只是觉得喉咙一阵哽咽。为了不让众人看到自己夺眶而出的眼泪，她转身往家里走去。身后的一行人即刻爆发出了一阵狂笑，在她回到自己家之前，一直能清清楚楚地听见他们的尖叫。

第十一章

几天后，丽莎与莎莉聊天，发现莎莉并不像上次见面时那样开心。

“可以这么说，他和我原先想的不一样，”她说，“我不介意这么说出来；不过很多地方他也得忍受，我觉得有时是我自己招人烦，他的心眼倒也很好。孩子出生后，他可能会对我好些。”

“看开一点儿吧，莎莉，”已经见识了很多已婚夫妇生活的丽莎说道，“习惯了就会发现其实情况并没有那么糟糕，一开始可能会觉得沮丧，以后就没什么了。”

聊了一会儿后，莎莉说自己要马上离开，给丈夫准备茶点。说完再见后，她很尴尬地说：

“呃，丽莎，多加小心！”

“多加小心？为什么啊？”丽莎惊讶地说。

“你明白我的意思。”

“不，真不明白。”

“布莱克斯通太太说她正在找你呢。”

“布莱克斯通太太！”丽莎吓了一跳。

“是啊，她说如果抓住你的话，要教训你呢。所以我劝你小心。”

“我？”丽莎说。

莎莉望向别处，故意不看她的脸。

“她说你和她丈夫乱搞。”

丽莎沉默不语。莎莉再次挥手道别，转身离去。

丽莎感到一阵寒意流遍全身。她多次看过布莱克斯通太太的横眉怒目，并尽可能地躲开她。然而，她并不知道这个女人要拿她怎么样。她不禁毛骨悚然，心惊肉跳，脸上突然直冒冷汗。如果被高大威猛的布莱克斯通太太抓住，以自己弱小的身板，她肯定是死路一条，所以得想想逃脱的办法。

那天晚上，她用开玩笑的口气将这事儿告诉了吉姆。

“我说，吉姆，你老婆说，如果抓住我，就要好好收拾我呢。”

“我老婆！你怎么知道？”

“她在街上和人家这样说的。”

“去她的，”吉姆很恼火，“她若敢动你一根汗毛，我就让她尝尝我的厉害！上帝啊，就给我一次机会让她好好领教领教吧，我受够了她那张老脸了！”他紧握着拳头说。

丽莎生性胆小。敌人的威胁一直萦绕在她的脑海中，使她忐忑不安。由于害怕遇到她，丽莎甚至不敢出门。在街上行走时，她会非常警觉地观察前方，如果发现前面有人貌似布莱克斯通太太，她就迅速转身。她夜里做梦也会梦见她，她看见一个膀大腰圆的人，神情凝重，横眉怒目，棕色的头发奇怪地编在一起。她于是一声尖叫，从梦中惊醒，浑身湿透地醒来。

在这之后的一个周六下午，十一月的天，天寒地冻，马路泥泞不堪，天色昏暗凄凉，人们也是情绪低沉。下午三点钟左右，丽莎下班回家，走到维尔街时，看见布莱克斯通太太迎面走来。她的心开始怦怦直跳。她迅速扭头，向来时的方向走去，并用余光瞥见布莱克斯通太太正跟着她，因此她一直走出了维尔街。她兜了一圈，想从另一头进入这条小街——她家就在街口，她可以悄悄地溜回家。可她却不敢这样做，因为她害怕布莱克斯通太太会在那里等她。因此她就在那里等了约半个小时——而这半个小时就好像一年那么漫长。最后，她终于鼓足勇气，勇往直前，转过拐弯，来到维尔街，却和布莱克斯通太太撞了个满怀——原来布莱克斯通太太就站在小酒馆门旁。

丽莎惨叫一声，布莱克斯通太太却冷笑一声说道：

“你没想到会遇上我吧？”

丽莎没有理睬，想从她旁边走过。布莱克斯通太太向前迈了一步拦住她。

“你好像很着急嘛。”她说。

“对，我要回家。”丽莎说，又试着想要走过去。

“可是如果我不让你走呢？”布莱克斯通太太拦住了她的去路。

“你干吗不放我走？”丽莎说，“我又没有碍你的事！”

“你没有碍我的事？我可真喜欢你这么说！”

“让我过去，”丽莎说，‘我不想和你说话。”

“我知道你不想和我说话，”她说，“但是我想和你说话，让我把话说完，我就放你走。”

丽莎环顾四周，想要寻求帮助。争吵刚开始时，酒店一些游手好闲之流只是好奇地看热闹，随后便聚成了一个小圈子。路人参与进来，街上的一些行人看到围拢的人群后也加入了看热闹的行列。丽莎发现，此刻所有的眼睛都注视着自己：男人们饶有兴趣，女人们不但毫无怜悯之心，而且还很是义愤填膺。丽莎想要呼救，可是人实在太多了，而且大家好像都在针对她，让她顿时失去了求援的勇气。因此，在环视人群之后，她将目光转向了布莱克斯通太太，面色苍白、瑟瑟发抖地站在她面前。

“不，他不在这儿，”布莱克斯通太太嘲讽道，“你不用找他。”

“我不明白你的意思，”丽莎说，“我要走了。我没对你做过什么。”

“没对我做过什么？”这个女人愤怒地重复着，“我来告诉你，你对我做了什么——你抢走了我的丈夫，你抢走了他！在你没把他抢走之前，我跟我丈夫从没吵过一句嘴。现在，你和他一起鬼混，他便没时间照顾老婆孩子了——这全是因为你！他的钱一个子儿也没给我们，要不是我在银行里存了点儿钱，我和孩子们都要饿死了！这一切就是因为你！”她在丽莎面前挥了挥拳头。

“我从没有拿过任何人的钱。”

“废话少说。我知道你拿了。你这个婊子！你勾搭一个老得可以当你爸爸的有妇之夫，破坏别人的家庭简直是卑鄙无耻！”

“她说得对！”其中一两个看热闹的女人说道，“她抢了别人的丈夫，这太不道德了。”

“我要给你点儿颜色看看！”布莱克斯通太太上前一步，更加热血沸腾。她挥舞着拳头，声嘶力竭地嚷着：“这四周来，我一直想要抓住你。你是个妓女——是个妓女！”

“我不是！”丽莎愤愤不平地说。

“你就是！”布莱克斯通太太重复着，面带怒容地逼近她，丽莎则吓得往后退缩。“而且，他对你就像对妓女一样。我还知道谁把你的一个眼睛打肿了，看他把你当成什么了！如果两个眼睛都打肿了，更是活该！”

布莱克斯通太太居高临下地站在她面前，宽厚的下腭向外突出，乌眉紧锁，凶相毕露。她沉默了一会儿，注视着丽莎，而旁观者们则屏气凝神地欣赏着这幕演出。

“你这个肮脏的婊子！’她最终说道，“领教一下吧！”说着便伸手给了她一个大大的耳光。

丽莎惊叫着向后退了一步，用手捂住脸。

“再来一下！”布莱克斯通太太说着又给了她一记耳光。然后她攒了攒唾沫，朝她脸上啐了一口。

丽莎扑向她，把手像爪子一样嵌在布莱克斯通太太脸上，指甲深深陷进她脸上的肉里，顺着脸颊往下抓。布莱克斯通太太抓住丽莎的头发用力拽。但她们马上就被人拉开了。

“停！”一些男人说，“打架要公平公正。不要这样挠来挠去的。”

“我要打她，我不介意那些烂规矩！”布莱克斯通太太卷起袖子，凶神恶煞地看着她的对手。

丽莎站在她面前，面色苍白，浑身颤抖。她看着自己的对手，发现她的脸上有一条条血红的指甲印，上面淌着不知道是她们俩的还是其中一个的血，丽莎有些退缩了。

“我不想打架。”她声音嘶哑地说。

“我知道你不想，”她的对手发出嘘声叫道，“但是你非打不可！”

“她比我块头大好多，我招架不住。”丽莎眼泪汪汪地说道。

“你早该想到这一点。来吧！”说着，布莱克斯通太太冲向她，用两个拳头不停地打她。丽莎并未试图保护自己，而是模仿她的动作，也用拳头猛打。一两分钟后，两人像风车一样扭打在一起。

然而丽莎终究敌不过布莱克斯通太太，她的拳头犹如雨点般重重地落在丽莎的脸上、头上。丽莎捂住脸，将头转向一边，任凭布莱克斯通太太残忍地毒打。

“暂停！”其中一些男人说，“暂停！”布莱克斯通太太也停下来休息。

“她们对打不算公平。丽莎在这个高大的女人面前没有机会。”人群中的一个男人说。

“可这事儿是她不对，”一个女人回答，“她不应该和那个女人的丈夫胡搞。”

“我也觉得不对，”另一个男人说，“但她也被打得太厉害了。”

“她活该！”其中一个女人说，“她罪有应得，而且应该加倍惩罚。”

“没错，”第三个人说，“女人没有权力抢走其他女人的丈夫。干了这种事，如果只是挨一次打就了事，那真是太幸运了——反正我是这么想的。”

“我也这么认为。但我真想不到是丽莎。我从来没想过她是这样一个人。”

“她真是个典型！”一个瘦小的有着深色皮肤的女人说，她看上去像是个犹太人，“如果她敢和我的丈夫胡搞，我就捅死她——我发誓！”

“一旦她勾搭了一个，今后也会勾搭其他人，你看着吧。”

“她最好不要到我们家来，否则我就给她好看。”

与此同时，丽莎正站在人群的一个角落里，浑身发抖，痛不欲生。她的一只眼睛被打肿了，头发凌乱遮面。站在丽莎面前的两个年轻人以这场决斗中的助手自居，安慰她的话语中却也带有讽刺意味。其中一位抓住她围裙的下摆给她扇风，另一个比划着教她拳击中站立和举臂的姿势。

“你要勇敢地面对她，丽莎，”他说，“害怕没有用，只会让情况更糟。你要反击，打她的鼻子，就像这样——看见了吗，你必须拿出劲头来。”

丽莎强忍住哭泣。

“对，使劲打，你就要这样，”另一个说，“如果发现她占上风，就要接近她，抓住她的头发，抓她的脸。”

“你已经用指甲掐了她，丽莎。老天，她朝你吐口水的时候，你扑上去抓花了她的脸！你就应该这样做！”

然后他转过去，对他的同伴说：

“你还记得格列格老大妈去年和另外一个女人在街上打架的事情吗？”

“不记得了，”他回答说，“我没见过。”

“那才精彩呢，后来警察来了，把她们都抓了起来。”

丽莎倒是希望警察能来把她带走。只要能远离眼前这个恶魔，她倒是宁愿进监狱。然而并没有人来救她。

“时间到！”裁判说，“继续开打！”

“小心警察！”一个人说。

“怕什么，”有个人说，“有事的时候他们都躲到一边去了。”

“继续！”

布莱克斯通太太疯狂地打着丽莎；然而这一次，丽莎不仅勇敢地面对了，而且也在进行反击。观众们越看越兴奋。

“打中一拳！”他们嚷着，“再给丽莎一拳，这一拳打得好——使劲打！”

“二比一！老的领先！”一位爱好体育的绅士嚷道，但丽莎却没有支持者。

“这回她拼起命来，不是还顶得住吗？”有人喊道。

“噢，她还真勇敢！”

“致命一击！”他们嚷着，此时布莱克斯通太太将拳头打在了丽莎的鼻子上。丽莎摇晃着向后退了几步，鼻子开始流血。随后，她忘记了恐惧，怒气冲天地扑向她的敌人，拳头如雨点般落在对方的鼻子、眼睛和嘴巴上。在她的猛攻下，布莱克斯通太太顿时退缩了。男人们叫着：

“天哪！小的占上风啦！”

然而布莱克斯通太太很快就镇定了下来，她靠近丽莎，用指甲挖她的肉。丽莎抓住她的头发，用尽全力地拉，并龇牙咧嘴地想要咬她。她们又抓、又撕、又咬，拉拉扯扯地过了一会儿，血水和汗水从她们脸上流下来。她们四目相对，两眼通红，怒气冲天。观众们欢呼着，尖叫着，鼓掌叫好。

“这儿出了什么事？”

“看那儿，”女人中间有人小声说，“她丈夫来了！”

他踮着脚尖，向人群里张望。

“我的天哪，”他说，“是丽莎！”

然后，他赶紧粗鲁地推开两边的人群，向圈子中央走去。在挤到两人中间后，他将这两个女人分开，并气急败坏地转向了自己的妻子。

“好哇，我会给你点儿颜色看看！”

三个人互相看着，一语不发地站在那里。

另一个人也被这围观的人群吸引了过来。

“回家吧，丽莎。”他说。

“汤姆！”

他紧握着她的胳膊，带她穿过人群，大家都纷纷为他们让出一条道来。他们默默无言地穿过了大街。汤姆表情凝重，丽莎则痛哭流涕。

“汤姆，”她哭了一会儿说，“我真是一点儿办法也没有！”过了一会儿，她强忍住眼泪说道：“我非常爱他！”

他们走到大门口时，她哀伤地说：“进来吧。”于是汤姆便跟着她进了屋。她坐在椅子上，眼泪不禁夺眶而出。

汤姆拿了条毛巾，将一端打湿，给她擦拭满脸的血和泪。她任凭他摆布，一边哭一边呜咽着说：

“你对我太好了，汤姆。”

“振作起来！”他温和地说，“一切都过去了。”

过了一会，哭声停止了。她喝了些水，拿起了一个带手柄的破镜子，端详着自己道：

“我成了这副模样了！”她盘着头发说，“你一直对我这么好，汤姆。”她重复着，声音哽咽。汤姆坐在她身边，她握住他的手。

“不，这没什么，”他回答说，“任何人都会这样做的。”

“汤姆，”她沉默片刻后说道，“上次在街上碰到你时，我说话不太客气，真抱歉；我发现从那次之后，你便再没同我讲过话了。”

“一切都过去了，不要再提了。”

“但我以前对你很不好。我真是个大坏蛋。”

他捏了捏她的手，没有言语。

“汤姆，”她在停顿片刻后说道，“你早知道这件事了吗？呃，今天以前就知道了吗？”

汤姆红着脸做出了回答。

“是的。”

她伤心地慢慢说道：

“我就猜你已经知道了。以前遇见你时，你总是一副垂头丧气的模样。你曾经爱过我的，是吗，汤姆？”

“我现在也爱你，亲爱的。”他回答道。

“现在太迟了。”她叹了口气。

“你知道吗，丽莎，”他说，“我差点儿打死个人，就因为他说你和那人——有关系。”

“但你那时已经知道我确实和那人有关系吧？”

“是的，但我不愿有人在我面前提及此事。”

“他们都骂我，只有你不骂我，汤姆。如果当时跟了你，我的情况一定会好多了，也不会变成现在这个样子。”

“哦，现在也还不晚是吧？你现在愿意跟我吗？”

“我吗？在发生了这些事情后，我还可以跟你吗？”

“我不介意。如果你愿意嫁给我，对我来说这些事都不算什么。我不能没有你，丽莎，你愿意嫁给我吗？”

她哽咽了。

“不，汤姆，我不能这样做。这样做不对。”

“我不会介意你的过去，难道这还不够吗？”

“汤姆，”她低下头，轻声说道，“我已经那个了——我想你应该明白的！”

“你这是什么意思？”

她感到很难说出口。

“我恐怕自己就要当妈妈了。”

他停顿片刻，然后说：

“呃…… 无所谓，只要你嫁给我，其他一切都无所谓。”

“不，汤姆，我不能这样做，”她说，眼泪也夺眶而出，“我不能这样对你，你对我实在是太好了，我愿意为你做任何事来补偿你。”

她将胳膊绕在他脖子上，并坐到了他的膝上。

“汤姆，我现在不能嫁给你，但其他任何事——你若想让我为你做其他任何事，我都愿意去做，只要那能让你高兴。”

他并不明白她的意思，只是说：

“你是个好姑娘。”然后便弯腰在她额头上郑重地亲了一下。

而后，他将她抱下来，起身走了，留下丽莎一个人。丽莎在那儿坐了很长时间，想起了过去经历的所有苦痛，又不禁哭了起来。她忽地趴在床上，把脸埋到枕头里。

丽莎被汤姆带走时，吉姆站在原地看着丽莎离去。吉姆的妻子则满是妒意地看着他。

“你想的是她啊。我知道，你非常愿意带她回家，丢下我自谋生计。”

“闭嘴！”吉姆怒吼道。

“我才不呢，”她回答，并且还提高了音量，“你真是个好丈夫，好极了！和他们一样，丢下老婆孩子多好啊！就你现在这个年纪！和你女儿一样大的人胡搞，你应该觉得无地自容！”

“够了！”他愤怒得咬牙切齿，“如果你再不闭嘴，我就一脚踢死你！”

“看啊！”她转向人群，“大家快看啊，看看他是怎么对我的！听听！我已经和他结婚二十年了，是个好得不能再好的妻子，我给他生了九个孩子，还不算上一次流产。现在我的肚子里还怀着一个，他就开始这样对我！多好的丈夫啊，不是吗？”她轻蔑地看了他一眼，然后转向围观的观众，好像要听听他们的看法。

“我可不在这儿待一晚上，都给我让开！”他将挡道的人推开，其中一两人对他的粗鲁行为表示不满，然而看到他一脸愤怒，也就只是嘀咕了两声，没敢多说什么。

“看啦！”他妻子说，“他害怕了，他害怕了，看他像条杂种狗夹着尾巴溜了。呸！”她走在他后面叫嚷着，并挥舞着手臂。

“你这下流的畜生，你，”她叫骂道，“去跟个小丫头胡搅！呸！我真希望没你这样的丈夫！都是因为你，如今让我也跟着没了脸面。你真让我看着恶心。”

道路两旁的人们跟着他们，保持着一定的距离，却迫不及待地想要听见他们的对话。

吉姆转了一两次身，对她说：

“住口！”

但这无疑让她更为生气。“告诉你，我不会闭嘴的。我并不介意别人知道，你是个——你是个混蛋！孩子们竟然有你这样的父亲，我真替他们觉得害臊！你以为我不知道你晚上不回家都干了些什么吗——拈花惹草，对，拈花惹草！你真是一个好人哪！好人哪！”

吉姆并没有回答，仍然继续走着。最终，他转向那些跟着他的人：

“你们要干什么？你们最好想清楚点儿，否则我会叫你们好看！”

这些人大部分是男孩和妇女，听到他的话都吓退了回去。

“他害怕和我说话，”布莱克斯通太太嘲讽道，“他真是个能人啊！”

吉姆往自己的房子里走去，她也跟着他进去了。波利正在给孩子们备茶。他们看到妈妈的头发和衣服凌乱不堪，脸上伤痕累累、血迹斑斑，都非常惊讶。

“妈妈，”波利说，“你这是怎么了？”

“问他啊！”她回答道，并伸手指向自己的丈夫，“都是因为他。孩子们，好好看看你们的爸爸。这真是个令人骄傲的父亲，他让你们挨饿，却把他的钱全花在了一个恶心的娼妇身上。”

吉姆现在自在了些，因为已不再有那么多诡异的眼睛在盯着他了。

“喂，我说，”他说，“我可受够了，你给我注意点儿。”

“我才不怕你呢。我知道你想杀了我，如果你杀了我，你自己也要上绞刑台。”

“不，我不杀你，但是如果你再这么骂骂咧咧，我就给你好看！”

“你要是敢碰我，”她说，“我就会对你提出控告，我才不管你会服多少个月的苦役。”

“住嘴！”他握紧拳头，在她胸口猛捶一拳，打了她一个趔趄。

“你——”她尖叫道。

她抓住一根棍子，怒气冲天地向他冲过来。

“你敢？”他抓住棍子并夺过来，扔向房间的一头，与她扭打起来。他们从一头打到另一头，他把她举起来扔在地上，然而她却抓住了他，他则又扑到她身上。在头撞到地上时，她尖叫了一声。孩子们惊恐地缩在房间的角落里，也同时尖叫起来。

吉姆抓住妻子的头，使劲往地上撞。

她哭喊着：“你是要杀我！救命啊！救命啊！”

波利惊恐地跑到爸爸面前，想拉开他。

“爸爸，别打她！什么都可以，只是不要打她——看在上帝的分上！”

“让开，”他说，“否则连你我也要教训教训！”

波利抓住他的胳膊，但吉姆仍跪在他妻子身上，反手对波利一拳，打得她向后直趔趄。

“给我滚！”

波利冲出房间，下到了一层的门前，两个男人和两个女人正在那里喝茶。

“快来拦住我爸爸！”她嚷道，“他要把妈妈打死了！”

“怎么了，他在做什么？”

“他把妈妈按在地板上，砸她的脑袋。因为妈妈打了丽莎·坎普，他就惩罚妈妈。”

其中一个女人非常吃惊，对她丈夫说：

“去吧，约翰，阻止他。”

“别去，约翰，”另外一个男人说，“一个男人打自己老婆的时候，旁人最好别管。”

“但他这是要杀了她。”波利重复着说，吓得浑身发抖。

“别胡说！”一个男人反驳道，“她会挺过来的，你们都知道的，她可能是罪有应得。”

约翰犹豫不决地看看波利，又看看他妻子，接着又看看另一个男人。

“看着上帝的分上，快来帮帮我妈妈吧！”波利说。

这时，楼上传来了一声撞击声和一个女人的尖叫声。布莱克斯通太太在挣脱丈夫时，撞到了脸盆架上，脸盆连同架子全都翻倒了下来。

“去吧，约翰。”他的妻子说。

“不，我不去。这没用的，他会骂我的。”

“我只能说，你真是个胆小鬼，”他的妻子气急败坏地说，“我不能眼睁睁地看着一个女人被杀害，我要去阻止他。”

说完，她上楼打开了房门。吉姆跪在他妻子身上，疯狂地打她，其妻则用手护住自己的头和脸。

“住手！”那女人叫道。

吉姆抬头看了一眼：“你是谁？”

“住手，我告诉你。这样打一个女人，你不会觉得羞耻吗？”她扑向他的时候，抓住了他的拳头。

“给我滚，”他说，“要不然我让你好看。”

“你最好别碰我，”她说，“你这个卑鄙的胆小鬼！哼，你看看她，她都快失去知觉了。”

吉姆停了手，注视着他的妻子。他站起身，踢了她一脚。

“起来！”他说。但是她仍在地上缩成一团，无力地呻吟着。上楼的那个女人跪下来，将她的头扶起来枕在自己的胳膊上。

“没事的，布莱克斯通太太。他不会再碰你了，来喝点儿水吧。”然后，她转向吉姆，不屑地说道：“你这个无赖！如果我是个男人，绝不会饶了你！”

吉姆带上帽子走出家门，砰地关上门，而那女人则在他身后嚷着：“滚得越远越好！”

“上帝保佑，”坎普太太说，“发生什么事了？”

她进来开门时，惊讶地发现丽莎正泪流满面地躺在床上。丽莎没有回答，却哭得好像心都要碎了。坎普太太走到她身边，想看看她的脸。

“别哭，亲爱的，告诉我这是怎么回事。”

丽莎擦干眼泪坐了起来。

“我非常不开心！”

“你的脸怎么弄成这样了？我的天哪！”

“没事。”

“瞎说！你自己不可能把脸搞成这个样子。”

“我在街上和一个女人打了一架。”丽莎呜咽着说。

“是她打了你，你一定很痛吧。快看看你的眼睛！我带回来一小块肉排，明天做饭用的。你可以切一小片下来贴在眼睛上，马上就好了。过去我和你爸爸吵架时就用这个东西。”

“我现在全身发抖，头也特别痛！”

“我知道你需要什么，”坎普太太点头说，“我这里正好有你需要的东西。”她从口袋里掏出一个药瓶，拔下木塞闻了闻。“这是个好东西，绝不是你们喝的那种烧酒或是加了甲醇的酒。我不大喝这些东西，但是如果要喝，我就会找最好的。”

她把瓶子递给丽莎，丽莎喝了一口后还给了她。她也喝了一点儿，然后咂了咂嘴。

“这是个好东西。多来点儿吧。”

“不了，”丽莎说，“我不会喝烈酒。”

她感到昏昏沉沉，心情烦闷，且头痛欲裂。要是能忘掉这一切就好了！

“我知道你不习惯，但它不会伤害你的，而且对你绝对有好处。每当我筋疲力尽不知所措的时候，我就会来点儿威士忌或杜松子酒。我倒不会挑剔酒的种类，只要是烈酒，一喝就管用，不能再灵了。”

丽莎又尝了尝，多喝了些。咽下去时，那酒好像在食道里燃烧，让她感觉非常温暖。

“我也觉得舒服些了。”她擦了擦眼泪，止住了哭泣，舒了口气。

“这准没错。记住我的话，如果人们能适时喝些酒，也就不会生病了。”

她们沉默地坐了一会儿，然后坎普太太说：

“你知道，丽莎，在我看来，我们可以多喝一些。你平时不大喝，我只是给自己带了一点儿。这么一点点我们一会儿就喝完了。这回你不太舒服，我们就多买点回来喝，肯定会管用的。”

“可是你没有装酒的瓶子了。”

“有，我有，”坎普太太说，“这个瓶子是他们在医院给我的。只要把药倒出来，然后把瓶子洗干净，我就自己带到酒馆去。”

当房间里只剩下丽莎一人时，她开始回忆最近发生的一切。她已经不再像之前那样痛苦了，因为她所经历的一切似乎已经远离了她。

“不管怎样，”她说，“这些事情真没什么大不了的。”

坎普太太进来了。

“再喝点儿吧，丽莎。”她说。

“好吧，那我就再喝点儿。我可以再喝几杯吗？毕竟这又不是什么错。”又喝了一点儿后，她说道：“这东西确实能让人振作起来。”

“你说得对，丽莎——说得对。你非常需要它。想想看，你刚和一个女人打过架！我年轻时也打过架，但那时候的我可不像现在你这么瘦小。如果当时我在那儿，决不会眼睁睁看着我女儿吃亏，虽然我已经六十五岁，而且马上就要六十六岁了，我会对她说：‘如果你敢动我的女儿，我就要给你好看，等着瞧吧！’”

她晃了晃手里的杯子，这提醒了她，于是坎普太太又为自己和丽莎添了酒。

“丽莎，”她说，“你简直是我和你爸爸的翻版。看着你坐在这儿喝酒，让我感觉我过上了好日子。你过去对我很严厉，丽莎，因为我每个周六晚上都会喝点儿酒。我并不否认自己有时确实喝多了——家规虽严，事故难免嘛。我要说的是——这是个好东西，它不会伤害你。”

“打起精神来！”丽莎说，她把杯子倒满酒，“过去的事情都过去了。我感觉自己又重生了一回。我刚才非常不开心——但现在我觉得即使我沉入了河底，我也毫不在乎，这就是事实。”

“你可别这么说。”她的慈母说道。

“是的，我就是这个意思，但现在我没有那种愉快的感觉了。

你说得对，妈妈，当你遇到麻烦事时，没有什么能比烈酒更管用的了。”

“假使我不知道，还有谁知道呢，我的不幸遭遇足以让很多女人丧命。我生了十三个孩子，你可以想象，每生一个我都会说不会再要了，但是说归说，生归生，你知道的。有一天你会组建家庭，丽莎，如果你不像我一样生出那么多孩子，我也不会感到奇怪。我们家人丁兴旺，每家都是十几个孩子，除了你玛丽姨妈，她只有三个孩子——不过她没有结婚，所以不算。”

她们又举杯为健康干杯。丽莎开始觉得所有的事情都变得模糊起来，她渐渐失去了意识。

“对，”坎普太太说，“我生了十三个孩子，我为此感到非常骄傲。你爸爸常说，这显示一个人传承了不列颠的血统。你爸爸是个演讲高手：他经常在议会会议上演讲——我真的相信如果他还在世的话，现在可能是下院的议员了。我从前对你说过，你父亲常说：‘我不赞成小家庭。’他是个原则性很强的人，在政治上他是一个激进分子。‘不，’他说道，‘如果一个男人的家庭人数超过了个位数，这说明他继承了不列颠的脊梁。那是英格兰的名誉之所在！当人们想起日不落的大英帝国时，’他说，‘他就会感到无比自豪，就应该在老天安排的岗位上尽职尽责——而每个人首要的责任都是尽可能地多生孩子。’上帝爱你——我告诉你，他就会这样说。”

“喝完吧，妈妈，”丽莎说，“你没怎么喝，”她晃着酒瓶，“我现在什么都不在乎，我很开心，其他什么都不想要了。”

“我看你现在是我的女儿了，”坎普太太说，“你原来对我发火时，我常想，你就像并未在我肚子里待过九个月一样，这肯定是个错误，你根本不是我的女儿。你想想，男人可以不知道孩子是自己的还是别人的，但是女人们肯定知道。你不可能用别人的孩子骗她。”

“我开始觉得有精神了，”丽莎说，“我不知道这是为什么，我想笑，一直想笑到肋骨断掉为止！”

然后她开始唱歌：“他是个快乐的好人——他是个快乐的好人。”

她的裙子凌乱不堪，脸上满是抓痕，鼻血已经凝结成块，眼睛红肿，头发也披散在脸上和肩膀上，她傻笑着，眼神凝重呆滞。

黛西，黛西，我买不起马车，可你骑在双人自行车上，包管你照样风光。[①]

她在桌上打着拍子，引吭高歌。母亲咧嘴笑着，灰白稀疏的头发蓬乱地披散着，也用嘶哑微弱的声音跟着唱起来——

啊，黄金的小伙子呀，啊！

① 当时十分流行的歌曲《黛西·贝尔》中的一句。

后来丽莎又转为忧郁，突然唱起了《友谊地久天长》。

怎能忘记旧日朋友，
心中能不怀想？
……
友谊地久天长。

最后，两人渐渐沉默了。不久后，坎普太太发出了鼾声，头耷拉在胸前，丽莎则从椅子上趺趺撞撞地爬到床上，倒头而睡。

虽然我喝醉了，也不好，但我求你善待我，
我的心迷惘又沮丧。
上帝啊，不要让我哭泣和哀怨，
给我酒吧，消除我记忆中的创伤。给我酒吧！

第十二章

午夜时，丽莎醒来了；她觉得嘴里又干又热，并且只要稍有挪动，脑袋便会钻心地疼痛。母亲在一旁躺着，半穿着衣服，将被单全裹到了自己身上。丽莎在这个寒冷的夜里打起战来，并褪去了身上的一些衣服——她的靴子、衬衫及夹克，准备开始好好睡觉。她试着从母亲身上夺过点儿被子，然而当她这么做时，睡梦中的坎普太太竟低声怒吼起来，并且将被子裹得更紧了。于是丽莎只得拿来放在床的另一端的裙子及披肩盖在身上，并开始试着再次入睡。

然而她却怎么也睡不着了；她的头和手也都烫得出奇，并且还干渴无比；当她试图起身为自己倒杯水时，一阵剧痛袭上头来，于是她不得不呻吟着又躺了下来，心脏也急速地跳动着。同时，体内还有一股不明缘由的疼痛。接着，一阵寒战袭来，似乎让她冷到了脊髓里，并一直顺着动脉及血管往全身蔓延，仿佛血液已经冻住；皮肤也冻起了鸡皮疙瘩，她蜷起双腿，缩作一团，用披巾裹紧了身子，连牙齿也冷得打战。她一边颤抖着，一边低声说：

“哦，我真冷，我真冷。妈妈，把被子稍挪给我一点儿好吗？我就快要冷死了。哦，我感觉自己快要结冰了。”

然而没过多久，这阵寒冷似乎远去了，紧接着又是一阵热浪袭来，灼烧了她的脸，让她流起汗来，于是她把身上盖着的全都掀开，脖子上裹着的也都松开。

“给我点儿东西喝吧，”她说，“我愿意为了一口水而放弃一切。”

没有人听见她的言语；坎普太太依然睡得死死的，偶尔还会发出一两声鼾响。

丽莎也仍是躺在床上，一会儿冷得发抖，一会儿急喘着气，听着躺在她身旁的人那均匀沉重的呼吸声。接着，她因为身上的疼痛而哭了。她拖过自己的枕头说道：

“我为什么就是睡不着？我为什么就是睡不着？”

窗外是黑乎乎的一片，黑得可怕；那幽灵般的黑暗似乎触手可及，这让丽莎感到极为害怕，于是她透过窗户，看着远处街灯的微光，想寻找一点儿慰藉。她觉得这一夜似乎永远也过不去了——她这下算是体会到了度日如年的滋味，希望自己能活着挨到天明。

而那无以名状的奇怪的疼痛仍在继续折磨着她。

夜继续着，黑暗也继续着，寒冷而恐怖，身旁的母亲却是大声而均匀地呼吸着。

最后的最后，在黎明到来时，丽莎终于睡着了；然而这伴随着噩梦的睡眠竟比无眠更为可怕。丽莎感觉她像是要同自己的敌人战斗，而布莱克斯通太太在那梦中竟比平日里高大了好几倍，并且竟同时出现了好几个她的身影，因此，不管她走到哪里，总有布莱克斯通太太的影子缠住她。于是，她撒腿就跑，跑啊跑啊跑啊，突然又开始计算起早上困扰住自己的一个账目问题，她前看后看，上看下看，盯着这里，盯着那里，然后那数字又与其他什么东西混了起来，于是她又不得不重新开始，却越算越糊涂，她的脑袋里一片混乱。这么折腾了一阵之后，她终于醒了过来。

黑暗已经散去，取而代之的是一个清冷、灰暗的黎明，她那没有任何遮护物的双腿完全凉到了骨子里，她也再次听到了身旁那酒鬼母亲均匀的鼻息。

她静静地躺了很久，身体极其不适——然而却又稍好过昨天夜里的感觉。她的母亲也终于醒了过来。

“丽莎。”她叫道。

“是的，妈妈。”她有气无力地回答道。

“给我们弄点儿茶来，可以吗？”

“不行了，妈妈，我病了。”

“该死的！”坎普太太吃惊地回应道。接着，她看着自己的女儿：“天杀的，你这是怎么了？你现在满脸通红，你的前额——哦，真烫啊！我的孩子，你这是怎么了？”

“我也不知道，”丽莎说，“我一整个晚上都是这样，我还以为自己就快要死了。”

“我知道这是怎么回事儿了，”坎普太太摇摇头说道，“事实上，你并不习惯喝酒，这当然就给你带来了麻烦。现在你看我，我可就一点儿事也没有。相信我，滴酒不沾可是一点儿好处也没有；你最后总会明白的，你总会明白的。”

坎普太太认为这一切都是天意。她站起身来，用水兑了一些威士忌。

“哦，喝点儿这个吧，”她说，“当一个人前一晚上喝多了时，最好的解决办法就是第二天早上醒来后再喝一点儿。然后便会有神奇的魔力出现了。”

“拿走它，”丽莎厌恶地把头扭了过去，并对母亲说道，“这味道闻着就让我觉得恶心。我再也不会碰这类烈酒了。”

“哦，我们常常都会说这样的话，但说归说，喝归喝，而且还非喝不可，离了它都活不下去。唉，拿我来说，我经历过所有那些苦难……”再重复坎普太太当时的话语是完全不必要的事情。

这一整天，丽莎都没有下床。汤姆来看过她，随即被告知她生了重病。丽莎悲伤地问起还有没有其他人来看过她，而母亲给了否定的回答后,她不禁轻轻地叹了口气。然而她实在是太虚弱了，以致也没有太多的精力去为其他什么事情所困扰。随着时间的流逝，她又发起烧来，头也愈发疼得厉害起来。她的母亲上床准备休息，并且很快就入睡了，留下丽莎一人独自承受那些疼痛。这时的她全身都疼得厉害，然而她却极力屏住呼吸，以免自己叫出声来，惊醒了母亲。痛苦之中，她抓紧了床单，最终，约在早上六点钟的样子，她再也无法忍受，一阵分娩的剧痛使她惊叫出声，唤醒了一旁的母亲。

坎普太太吓坏了，一时不知该如何是好。于是，她上楼叫醒了住在她们楼上的女人。那好心的女人毫不犹豫地穿上衣服下楼来。

“她流产了。”在对着丽莎仔细端详了一番之后，楼上的女人说道，“你能叫什么人去医院找医生来吗？”

“不能，现在这时辰我找谁去呢？”

“哦，那我就叫我丈夫去找人吧。”

她叫来了自己的丈夫，交代他去了。这女人是个粗壮的中年妇人，长得很有男子气概并且强壮有力。她就是霍奇斯夫人。

“你来找我算是你运气好，”等到坐定之后，她说道，“你知道，我在外面当过护士，所以我熟知这方面的事情。”

“哦，你可真让我吃了一惊，”坎普太太说道，“我都还不知道丽莎怀孕了。她从来没有告诉过我什么。”

“你知道这是谁的孩子吗？”

“哇，你可又一次问住我了，”坎普太太回答道，“不过现在想想，这应该是汤姆的孩子。他一直陪着丽莎。他是个单身汉，这样他们就可以结婚了——太好了。”

“不是汤姆。”丽莎虚弱地说道。

“不是汤姆，那还能是谁？”

丽莎没有回答。

“说啊？”她母亲又问道，“这是谁的孩子？”

丽莎仍只是默默地躺着，并没有回应。

“不用管了，坎普太太，’霍奇斯夫人说道，“现在别去打扰她，等到她好点儿了再说吧。”

两个女人默默地坐了一会儿，等着医生的到来，而丽莎则茫然地看着墙壁，急促地呼吸着。吉姆时不时地出现在她的脑海里，她于是张嘴想要叫他，然而却绝望地抑制住了自己的这份冲动。

不久，医生来了。

“医生，她现在的情况很糟糕吗？”霍奇斯夫人问道。

“我看她的情况的确很糟糕，”医生回答道，“今晚我会再过来的。”

“哦，医生，”在他正要出门时，坎普太太叫住了他，“你能给我些药治疗我的风湿病吗？我被风湿折磨死了，现在天气这么冷，我真的都不知道该怎么办才好。哦，医生，你能给我些牛肉茶[①]吗？

① 牛肉茶，用牛肉烧制的过去常常给病人服用的茶水。

我的丈夫去世了，现在我女儿又病成这样子，而我自己什么活儿都做不了，所以我们实在是很拮据……”

白昼过去了，傍晚时分，在霍奇斯夫人忙完了自己的家务活之后，她下楼来看看丽莎母女。而坎普太太正在床上睡觉。

“我刚刚打了个盹。”醒来后，她对霍奇斯夫人说道。

“你女儿怎么样了？”霍奇斯夫人问道。

“哦，”坎普太太回答道，“我的风湿病太严重了，我都不知道该怎么办；现在丽莎又不能再替我按摩了，我感觉我的情况比往常更糟了。在我最需要她的时候，她竟然生病了，这可真是天大的不幸；不过，这也许就是我的命！”

霍奇斯夫人往前一步，看了看丽莎；她仍像早上她离开时那么躺着，脸颊通红，为了能吸到空气而大张着嘴，前额上布满了细小的汗珠。

“亲爱的，你还好吧？”霍奇斯夫人问道；然而丽莎却并没有回答。

“我相信她已经失去意识了，”坎普太太说，“我也一直在问她孩子到底是谁的，但她就像是听不懂我在说些什么一样。这样的打击对我而言太沉重了，霍奇斯夫人。”

“我相信你一定很难过。”这位女士满是同情地回答道。

“哦，你当时走进门来告诉我到底发生了什么的时候，一片羽毛都能把我击垮。我就跟那些死人一样，一点儿不知道现在究竟发生了什么事。”

“我一眼就看出来了。”霍奇斯夫人点点头回应道。

“哦，你当然知道。我想你一定在这方面挺有经验的。”

“你说对了，坎普太太，你说对了。我做这行已有近二十年了，不懂也该懂了。”

“你们的收入还行吧？”

“哦，坎普太太，总的来说，我也并没有什么可抱怨的。我通常的要价是五先令，我想说的是，就我所做的工作而言，我并不觉得这是索价过高。”

丽莎生病的消息很快便传开了，因此每天都有不止一位邻居前来问候她。现在则又有人在敲门，霍奇斯夫人于是起身去开门。汤姆站在门边，问自己是否可以进门。

“你当然可以进来。”坎普太太回答道。

为了不发出太大的响动，他踮着脚进了门，并默默地站着看了丽莎一会儿。霍奇斯夫人也待在他旁边。

“我可以同她说说话吗？”汤姆低声问道。

“她恐怕听不见你说话。”

汤姆痛苦地呻吟了一下。

“你觉得她还能够好起来吗？”汤姆问道。

霍奇斯夫人耸了耸肩。

“我不想对此发表任何看法。”她小心谨慎地回答道。

汤姆弯下身，红着脸亲吻了丽莎；接着便一言不发地走出了房间。

“这就是追求她的那个小伙子。”坎普太太说，同时用大拇指指了指背后离去的汤姆。

没过多久，医生来了。

“医生，你觉得她现在的情况怎么样？”霍奇斯夫人以助产士及护士的权威姿态疾步上前问道。

“我看她的情况非常糟糕。”

“你觉得她会死吗？”她低下声来问道。

“恐怕是八九不离十了！”

医生在丽莎身旁坐下了，而霍奇斯夫人则转身冲正用手绢擦拭眼泪的坎普太太有所暗示地点了点头。然后她走出屋子，来到门口等待着的一群人跟前。

“医生怎么说？”他们问道——汤姆也在人群中间。

“医生的看法跟我的看法一样，我就知道她活不久了。”

汤姆忍不住叫出声来：“哦，丽莎！”

在霍奇斯夫人回屋后，一个女人评论道：

“我认为霍奇斯夫人非常聪明。”

“是的，”另一个女人附和道，“她帮助我顺利地熬过了我的最后一次分娩。我觉得霍奇斯夫人甚至能胜过四十位医生。”

“实话告诉你吧，我也是这么认为的。我从没见过她出什么错。”

霍奇斯夫人在坎普太太身旁坐下来，继续安慰她。

“坎普太太,你为什么不喝点儿白兰地来定定神呢？”她说,“你一定很想喝一口。”

“我真有点儿要昏过去了，真想赶紧喝两便士威士忌酒提提精神头。”

“不，坎普太太，”霍奇斯夫人认真地说道，同时将一只手放到了坎普太太肩上，“听我说，当你不舒服的时候，最好的可以帮你恢复平静的东西就是白兰地。我自己并不是不喝威士忌，偶尔也会来两口，但若说要有什么药效的话，那还非白兰地不可。”

“好吧，霍奇斯夫人，我并不觉得自己比你在行，那我就按照你的建议来吧。”

碰巧的是，这会儿房间里刚好有些白兰地，坎普太太于是便为自己和她的朋友都倒上了一杯。

“当我外出工作的时候，向来没有心绪喝酒的，”霍奇斯夫人抱歉道，“但为了陪你，我还是跟着来点儿吧。”

“祝你身体健康，霍奇斯夫人。”

“谢谢，也祝你身体健康，坎普太太。”

丽莎静静地躺着，呼吸声很轻，双目紧闭。医生伸手感受了一下她的脉搏。

“我近来似乎非常不幸，”霍奇斯太太舔舔嘴唇评论说，“这可能是我在过去十天里经历的第二场死亡了——我是说女人，当然，我没有将小孩子计算入内。”

“哦，别这么说。”

“当然，另一个女人——哦，不过她是个妓女，因此那并没有什么要紧的。这同其他女人不一样，是不是？”

“是的，你说得没错。”

“但不管她们是什么样的人，我们总不希望她们死掉。我们也不能太苛求那些人。”

“霍奇斯夫人，你的心肠可真好。”坎普太太说。

“是的，我的心肠确实很软；我常常讲，如果自己不是这样的人，那么这对我内心的宁静及我的职业都将会是件好事。我的职业让我不得不经历很多东西；但我可以说，我总是能让我的客户满意，而在我这个行业的很多人是不敢这么说的。”

她们一起小口小口地喝着白兰地。

“这对我可真是个严峻的考验。”坎普太太提起了困扰她许久的话题，“我们家一向是个正派的家庭，在我们的家族史上，从来就没有发生过这样的事情。不，霍奇斯夫人，我可是合法地在教堂嫁为人妇的，我现在都能拿出结婚证证明这一点，然而我其中一个女儿却走上了这样的道路——哦，我真是想不明白。我让她受到了很好的教育，让她享受到了家庭的温暖。她什么都不缺。我做死做活供她吃得好，穿得好，然后到头来，竟做出这样丢脸的事来！”

"坎普太太，我明白你的意思。"

"我可以告诉你，我们家可是个体面的家庭。我的丈夫每周挣二十五先令，并在一个岗位上一直工作了十七年；在他死后，他的雇主还在他的棺材上安了一个漂亮的花圈，并告诉我，我丈夫是他们企业里最好、最诚实的工人。至于我，哦，我可以说，我对这个女孩已经尽到了应尽的职责，但她却从未从我身上学到什么优点。当然，我也并不是一生都处于良好的境地中，但我一直都给她竖立了良好的榜样，要不是她现在完全开不了口，她也可以亲自告诉你这一切。"

说完，坎普太太停了停，似乎陷入了沉思之中。

"《圣经》里说，"她又继续说道，"带着灰白的头发含悲埋在地下是足够的了[①]。我可以给你看看我的结婚证。当然，我现在不应该说太多——很显然，她目前的情况很糟糕；但等她好起来后，我一定会跟她好好谈谈。"

门外又传来一阵敲门声。

"去看看是谁吧；我的风湿病又犯了，我似乎已经动不了了。"

霍奇斯夫人打开门后，看到吉姆正站在门口。

他脸色惨白异常，那黑色的头发及胡须与此时他那死人般苍白的脸形成了鲜明对比，让他看起来就像是鬼魂一般。霍奇斯夫人不禁往后退了一步。

---

① 语出《圣经·创世记》第42章38节和第44章29节。

“他是谁呢？”她转身向坎普太太问道。

吉姆推开她，径直向床边走去。

“医生，她的情况很糟糕吗？”他问。

医生满脸质疑地看着他。

吉姆轻声对他说：“是我让她怀上孩子的。她不会死的，对吧？”

医生点了点头。

“哦，我的上帝！这叫我怎么办？这都是我的错！我真希望要死的人是我！”

吉姆抱起了女孩的头，眼里噙满了泪水。

“她现在还没有死，对吧？”

“她还剩口气。”医生说道。

吉姆弯下了身。

“丽莎，丽莎，跟我说句话吧！丽莎，说你原谅我吧！哦，跟我说话啊！”

他的声音里满是痛苦。这时，医生开口说话了。

“她听不见你说话。”

“哦，她一定听得见我的话！丽莎！丽莎！”

说着，他在丽莎的床边就地跪下。

大家都没有开口。丽莎仍是默默地躺着，呼吸微弱得看不到胸口有任何起伏，吉姆则很是悲伤地看着她；一旁的医生面色凝重，伸手感应着丽莎的脉搏。两个女人则一直看着吉姆。

“居然是他！”坎普太太说道，“还真是丢人丢到家了，瞧瞧他那副样子！”

“坎普太太，你为丽莎买保险了吗？”这位助产妇再也忍受不了这样长久的沉默了，不禁开口问道。

“相信我！”那位好女士回答道，“从她出生起，我就为她买了保险。怎么说来着，前几天我还在想，所有的那些钱都浪费了，但你现在知道，事实并不是这样；你瞧，你永远不知道自己能有多幸运！”

“真是这样，坎普太太，我也是少数喜欢购买保险的人之一。这真是个不错的事情。我总是会为我所有的孩子都买上保险。”

“我是这么看的，”坎普太太说，“不管你在他们活着的时候是怎样对待他们的——我们都知道，孩子有时候是很伤脑筋的——你都应该在孩子去世后为其举办一场体面的葬礼。这是我一直信奉的信条，我向来都是这么做的。”

“你是交给斯蒂尔曼先生办的吗？”霍奇斯夫人问道。

“没有，霍奇斯夫人，我每次都是找福特里先生帮忙操办葬礼的。若论及操办葬礼之事，他可是这个行业里最厉害的人了。”

“哦，现在这听起来可是相当奇怪了——我也正是这么想的。福特里先生的工作做得很棒，也非常通情达理。我一直是他的老客户，他总是给我最优惠的价格。”

“哦，这真是太巧了！霍奇斯夫人，如果这个要求不是很过分的话，我希望你能帮忙为丽莎处理一下后事。”

“这当然可以了，坎普太太。我总是很乐意为任何人提供一些自己力所能及的帮助。”

“我希望这事情能办得很体面，”坎普太太说，“我不打算在我女儿的葬礼方面节约什么。你知道，我喜欢羽饰——尽管那确实稍显奢侈。”

“坎普太太，别担心，我一定会像为自己的丈夫举办葬礼一样来举办这场葬礼的——我都说到这份上了。福特里先生对我可是十分看重的，这可是真的！前几天，我到他的店里去，在我们互道早安后，福特里先生对我说：‘你来得正好。’他指着旁边的另一位男士说道：‘这位先生和我产生了一些争执。霍奇斯夫人，鉴于你是一位非常聪明的女人，同时也是我的一位好客户……’‘我自己也敢说这些话，’我说，‘我一定会尽力帮助你。’‘我相信你，’他说，‘好吧，现在你来说说你的看法吧，是橡木好呢，还是榆木好呢？橡木对榆木，这就是我们正在争论的问题。’‘哦，福特里先生，’我说，‘我个人的观点，如果要在棺材面中央镶上黄铜，两头再安上黄铜把手，那么，没有比橡木更好的了。’‘说得很好，’他说，‘我也是这么认为的；我希望所有做棺材的人都永远用橡木，’他说，‘等到上帝想要召唤我的时候，我希望自己能被装进橡木棺材里。’‘但愿如此。’我说。”

“我也喜欢橡木，”坎普太太说，“我丈夫的棺材就是橡木做的。

我们当时可费了不少劲儿。你知道，他当时因为水肿而整个膨胀了起来——哦，他的那个水肿样儿啊，连他自己的母亲都认不出他来了。他的腿肿得就跟身子一样粗，我对天发誓，我一点儿没有夸张。”

“真的啊！”霍奇斯太太突然叫了起来。

“是的。他死后，他们就把棺材送来了。那时我还不认识福特里先生，我们那时不住在这儿，我们曾在巴特西住过一段日子，所有的后事都是勃朗宁先生一手操办的；接着他把棺材抬了上来，我们把我的老头儿放了进去，却盖不上盖子，他肿得太厉害了。正好勃朗宁先生是个超级大个子，足足有一百八九十磅。哦，他站到了棺材上，他带来的一个年轻人也站到了棺材上，而那棺盖还是合不上来，于是勃朗宁先生说：‘跳上来，太太。’我还穿着丧服，不过你知道，我们总得把棺材盖盖上，于是我也站了上去，我们一起在上面跳，终于让它合了起来，拧上螺钉。不过，那次我们可真是费了不少劲儿，我看我一辈子都忘不掉那事儿了。”

接下来便是一片沉默。一种沉重感突然袭来，就像是灰色的疫病，阴冷而令人窒息；而带来此番沉重感的，便是死亡。他们感觉到了它在房间里的存在，他们不敢再做任何动作，甚至也不敢大声呼吸。这沉默已经到了令人恐惧的地步。

突然，一声嘎吱的声响划破了这沉默，这声音来自床的那头，穿过了整个房间，也刺透了这无尽的静默。

医生拨开丽莎的一只眼睛并试着触碰了一下，接着，他便将丽莎的手放到了她的胸前，然后拉过被单，盖住了她的头。吉姆转过脸去，他看起来极端疲倦，而两个女人则开始默默地哭了起来。夜慢慢散去，一缕暗淡的灰白色光线透过窗户来到了屋里。灯发出一阵噼啪声，随之熄灭了。

著作权合同登记号　图字：10-2012-381号

图书在版编目（CIP）数据

兰贝斯的丽莎 /（英）毛姆（Maugham，W.S.）著；先洋洋译．—南京：译林出版社，2016.6

（毛姆作品）

书名原文：Liza of Lambeth

ISBN 978-7-5447-6370-7

Ⅰ.①兰… Ⅱ.①毛… ②先… Ⅲ.①中篇小说－英国－现代 Ⅳ.①I561.45

中国版本图书馆CIP数据核字（2016）第097082号

书　　名	兰贝斯的丽莎
作　　者	〔英国〕威廉·萨默塞特·毛姆
译　　者	先洋洋
责任编辑	王振华
特约编辑	苑浩泰
出版发行	凤凰出版传媒股份有限公司 译林出版社
出版社地址	南京市湖南路1号A楼，邮编：210009
电子信箱	yilin@yilin.com
出版社网址	http://www.yilin.com
印　　刷	北京天恒嘉业印刷有限公司
开　　本	640×960毫米　1/16
印　　张	11.5
字　　数	80千字
版　　次	2016年6月第1版　2023年10月第3次印刷
书　　号	ISBN 978-7-5447-6370-7
定　　价	28.80元

译林版图书若有印装错误可向承印厂调换